THE LOOP

环界 3

环界 LOOP

〔日〕铃木光司 著　许木兰 译

南海出版公司

新经典文化股份有限公司
www.readinglife.com
出　品

目录

THE LOOP

第一章

CHAPTER 01

黑夜结束

1

阿馨一打开铝合金门窗，屋内马上飘进一股海潮的清新气息。今夜的空气中没有半丝微风，充满湿气，更多的湿气正从黑漆漆的海湾中漫上来，缠绕在阿馨刚洗完澡的身体上。阿馨一点也不讨厌这种感觉，这让他觉得与海更加亲近。

眺望夜空是阿馨每天必做的功课，他常常在吃完晚饭后，站在阳台上观察星星的移动和月亮的圆缺。月亮此时正奇妙地变幻着莹润的光辉，充满了神秘感，让人从中得到许多灵感和启发。他摸黑穿上凉鞋走到阳台上。第二十九层楼的阳台悬在夜空中，对阿馨来说，这里是他独处与思考的地方，让他分外舒畅。

不知从何时开始，气温一直在增高。今年从六月起，夜晚的气温就一直升高，已经到了秋天，热度仍然没有降下来。阿馨每晚都这样站在阳台上纳凉，却感觉不到丝毫的清凉，反而有暑气未消的燥热。此时，他觉得星空好像近在咫尺，不禁伸出手想抓住星星，一时忘了夏天的炎热。

这个面临东京湾台场的住宅区里盖了许多大楼，但是住户并不多，从窗户里发出来的光亮很有限，夜空中的星星才能如此美丽地闪烁。海风不时从东京湾吹过来，吹干阿馨刚洗好的头发，留下些许黏稠感。

“阿馨，把窗户关上，不然会感冒哟。”厨房里传出母亲真知子的声音。真知子从现在站的位置看不到阳台，她不知道阿馨站在阳台上享受夜风，还以为儿子只是为了让空气流通，把铝合金门窗打开一道缝。

在如此炎热的天气里，站在阳台上吹风哪儿会感冒，妈妈的顾虑是多余的。不过，她要是知道我现在的感觉，一定会叫我立刻回到屋里去。阿馨干脆关上铝合金门窗，这样就听不到真知子的叫声了。

阿馨独自站在离地面一百米的半空中，突然感觉有人正在背后窥视他，连忙回过头往窗内一瞧，没看到人影，只看到厨房里的乳白色光芒映到客厅的沙发上。他根据那些光芒推测出真知子正站在大理石台前收拾碗盘，随着她的移动，厨房里发出的光芒也跟着晃动。

阿馨又将目光转向外面的黑暗，一如往常地思考着这个世界的构成和原理。他并不是只想在某个范围里解开谜题，还想弄清自然界的变化，进而找出统一的理论。

他的父亲秀幸是信息工程学系的研究员，也拥有同样的梦想。父子俩在一起的时候，总是谈论自然科学方面的话题。通常都是阿馨提出各类问题，再由秀幸一一回答。秀幸自从当上人工生命开发计划的研究员，很快就升为教授，也将研究地点转移到大学里。对于今年才满十岁的阿馨提出的问题，他绝不会随便搪塞过去，阿馨的问题有很多是大胆的假设，秀幸也从中得到一些启示，因此，父子俩一直很重视彼此间的谈话。

星期天下午，真知子经常满足地望着丈夫和儿子展开热烈的讨论，偶尔秀幸讲得太投入，阿馨插不上嘴，便将讨论的内容向一旁的真知子解释清楚，希望她也一起参与。儿子十岁就能深入地谈论超越自身理解能力的自然科学，真知子十分引以为傲，她看着儿子，脸上总是充满得意。

阿馨望向更远的地方。远处的彩虹桥上，车子川流不息，他很想看到秀幸骑着摩托车归来。十年前，秀幸从人工生命研究员升到大学教授，便从东京郊外搬到了台场，这幢高楼沿河而建，可以说实现了全家人的心愿。阿馨尤其喜欢在高处欣赏景色，一到夜晚，就跑到阳台上张开双手抓星星，对无法掌握的世界尽情展开想象。

如果鸟类是由爬虫类进化而来，它们居住的地方自然就得由地面向空中发展，这种变化对人类的进化到底有何影响？阿馨随即想到，自己已经有一个月没有踩到泥土了。他把手放在和自己差不多高的阳台栏杆上，想伸展一下背部，这是他从懂事起就经常做的无意识动作。然而很奇怪，他和家人在一起的时候，却从不曾有这种欲望。

阿馨常感觉有人在暗处偷看他，时间久了，他也习以为常。虽然现在又有被窥视的感觉，但是他知道即使回头看，也只能看到一成不变的卧室，以及位置比较靠里的客厅和厨房，还有正在厨房里洗碗的母亲真知子。

阿馨扭扭头，想把那种被人偷窥的别扭感赶出脑海，于是转过身来，背靠栏杆。刚才他感觉被无数眼睛注视着，现在背后却完全没有异样。屋内和刚才一样，真知子移动的身影从厨房里面映出来。

尽管夜晚的暑气不减，阿馨却突然感觉到一阵寒意，他不想继续待在阳台上，便回到客厅，偷看了一下母亲的动静。真知子已经洗好碗，拿着抹布擦拭大理石台的边缘，嘴里还哼着歌。阿馨一声不响地走近真知子，在她背后问道：“妈妈，爸爸什么时候才回来？”

真知子吓了一大跳，两手不小心碰到大理石台边的小盘子，小盘子都掉下来了。

“讨厌，吓了我一大跳。”真知子将两手抱在胸前，稳定情绪。

“真对不起。”阿馨诚恳地道歉。虽然他不是有意的，但经常会吓着真知子。

“阿馨，你什么时候站在那里的？”

“刚才。”

“妈妈的胆子很小，你不要做得太过分哟。”真知子有点生气地责备阿馨。

“真抱歉，我不是故意要吓您的。”

“是吗？但我还是被你吓着了。”

“我只是想看一下您的背影嘛。”

"我不懂你的意思。"

"哦，我……"阿馨不想再说下去，他担心又会吓着真知子。其实他想说：即使你没有往后看，也会感觉到后面有人注视着你。

"爸爸什么时候回来？"阿馨又问了一次。他也知道真知子无法确定秀幸何时回家，觉得自己的话毫无意义。真知子看到阿馨一副很无聊的模样，带着歉意站在丈夫的角度说："今天爸爸比较忙，他刚接到一个新的研究课题，可能很晚回来。"虽然秀幸每天都工作到很晚才回家，但真知子从来没有露出不满的神态。

"那我要等他回来才上床睡觉。"

真知子整理好厨房，走到阿馨身旁，边用毛巾擦手边说："你是不是有问题要问爸爸？"

"嗯，有一些。"

"关于爸爸工作的事？"

"不是的。"

"那我替你问爸爸好了。"

"咦？"阿馨听到母亲的回答，颇感意外，忍不住放声大笑。

"真是的，我又不是笨蛋，毕竟我也拿到了硕士学位呀。"

"我知道，不过您是英文硕士。"

真知子在大学主修的是美国文化，尤其对美国各州间的传说非常了解，现在也常在家里看书自修。

"没有关系，你说说看，妈妈很想听听你的问题。"真知子手里依然握着毛巾，催着儿子到客厅里坐下。阿馨觉得有些奇怪，他不明白真知子今晚为何如此兴致勃勃，和平常不一样。

“您先等我一下。”阿馨转身回到自己的房间，拿出两张复印纸，坐在真知子身旁。

“这是什么？该不会又是很复杂的数学方程式吧？”

阿馨将这两张复印纸递给母亲，真知子看到第一页上的世界地图，不觉嘘了口气，抚了抚胸部。既然是地理方面的问题，她就不怕了，她对北美大陆的人文环境非常了解，只要不出这个范围，她相信自己能替儿子解答。

“不是的，是有关重力异常的问题。”

“什么？”儿子的问题果然还是超出了真知子的知识范围，她不禁露出失望的表情。阿馨把身子靠过来，根据地球重力的关系解释那张世界地图：“我们可以经由重力公式得到一个值，它和通过重力加速度修正而得出的大地水准面的值之间，有一些极小的误差，再将这个误差以正负的数字填入地图中。”

这两张复印纸上分别写着 1、2 的数字，写着“1”的世界地图上画有无数条表示重力异常的等高线，每条线都填上了“+”和“−”的数值。

普通地图的等高线上，“+”值变大表示海拔变高，而“−”值变大就是指低于海平面的深度增加。至于重力异常的分布图，则是“+”值变大就表示重力变强，“−”值变大就表示重力变弱。重力值的单位是 mGal，用深浅不同的颜色来表示，白色的地方表示重力变强的“+”值，而深色的地方则是重力变弱的“−”值，如此便一目了然。

真知子看了一下重力异常分布图，抬起头问道：“什么是重力异常？”她在儿子面前不会不懂装懂。

“妈妈，您是不是认为地球上每个地方的重力值都一样？”

“我根本没想过这种问题。”

“实际上，地球上的重力值不尽相同。”

“这么说，在这张地图上，‘+’的数字变大，重力就变大；‘－’的数字变大，重力就变小？”

“嗯，是的。构成地球内部的物质重量不尽相同，如果重力异常是‘－’值，就可以知道那下方的地质质量较小。一般来说，随着纬度的增高，重力也会跟着变大。”

“那另一张纸呢？”真知子指着写着“2”的纸，那也是一张世界地图，上面没有复杂的等高线，只画上了几十个黑点。

“这是长寿村所在的地点。”

“长寿村？长寿的人住的地方？”此时，真知子的脑袋已经有些混乱。

“是的，和其他区域比较起来，这些地区的人明显更长寿。”阿馨指着地图上的黑点说道。地图上还有四个地方画了两个圆圈，一个是黑海沿岸的高加索山，一个是日本的鲛岛诸岛，还有喀喇昆仑山脉的喀什米尔和南美厄瓜多尔南部，无论哪个地点，都是很有名的长寿地区。真知子第一次看到长寿村的分布图，她迅速浏览了一遍，催促阿馨说出这两张地图之间的关系。

“将这两张复印纸重叠起来，向着光透视。”阿馨将两张同样大小的复印纸重叠在一起，慢慢往上举。灯光下，无数的等高线中透出一个个小黑点。“这样你就明白了吧？”

真知子还是一头雾水。“你可以解释得清楚一点吗？”

“你看，长寿村的位置是不是刚好和重力异常‘－’值的地区完全重叠在一起？”

真知子又将两张纸举高，靠近灯光，果然看到第二张复印纸上标着长寿村位置的黑点，只出现在第一张世界地图“－”的曲线范围里，而且“－”值都非常大。

“哇，是真的呢！”真知子露出惊讶的表情，但是她仍然不了解其中的意义。

“说不定人的寿命和重力之间有千丝万缕的联系。”

“这就是你想问爸爸的问题？”

“是的。妈妈，在地球上，生命自然产生的几率有多少？”

“大概就像中头彩的几率一样，不是那么容易吧。”

听到真知子的回答，阿馨忍不住笑出来。“什么话嘛。那种几率小到无法形容，几乎可以说是奇迹了。”

“但是一定会有某个人中头彩啊。”

“妈妈，您现在说的是一百张彩票之中必定有一张会中奖的情形。而我说的是将骰子掷上百次，都掷出六点的情况。”

“那是骗人的把戏。”

“骗人的把戏？”

“当然，因为连续掷上一百次，每次的结果都一样，那么骰子一定被人做过手脚。”

阿馨一时愣住了，喃喃自语：“是吗？那一定是有什么企图，不然的话就太奇怪了。”

“对呀。”

“可是一般人不会注意那么多。妈妈，如果是没有做过手脚的骰子，想连续掷上一百次都出现同样的点数，该怎么做？”

“那是神仙才做得到的事。”

“这么说，你还记得昨天中午的连续剧吗？”阿馨非常喜欢看连续剧，有时还用录像机录下来。

“我没赶上。”

“之前不是演到百合和大三约定要在初次见面的海滩相会吗？”阿馨将昨天电视剧的内容简单叙述了一遍。

年轻夫妇百合和大三结婚才一年，就因为各种误解面临离婚。虽然两人还深爱着对方，但是一些偶然发生的琐碎事件让他们卷入风暴里，无法从泥淖中挣脱出来。百合和大三分居后，有一天，两个人偶然在日本海的海边再次相逢，那里是他们初次相遇的地方，两人因此怀念起当初相遇的种种情景，初恋的情愫被唤醒了，误会也一一解开，终于再次审视彼此间是否仍有爱情存在。这种旧式的爱情故事让人看了内心洋溢着温暖。但百合和大三真是在充满回忆的海边偶然重逢吗？其实不然，那是朋友希望两人和好如初而布的局。

“妈妈，你觉得怎样？一对分居的夫妇，能在同一天、同一时间相遇的几率大概有多少？我想答案应该不会是零。当然也有可能偶然相遇，但是几率实在太小了，一旦发生了，总让人觉得有人故意从中撮合。”

“总而言之，如果有大于零的几率，生命中就会发生各种可能性，因此，我们能够存活在世界上，背后必定有某种力量在暗地里运作，你的意思是这样吧？”

阿馨经常觉得自己被人观察和操纵，这种疑惑在他的脑海中萦绕，但他无法确定这只是自己身上才有的特殊现象，还是很普遍的事。这时，他感到一阵寒意，不由得颤抖起来，四处张望一下，发现窗户没有关好，便站起来关上。

2

阿馨上了床，躺在棉被里半个多小时，还是睡不着，索性躺在被窝里等父亲回来。

这间屋子隔成三间西式房间和一间和室，客厅只有二十平方米大小。对于只有三口人的二见家，这样已经十分宽敞了。每个人都有各自的房间，但仍然常在和室睡觉，三个人躺成“川”字形。真知子睡在中间，两旁是秀幸和阿馨，这种情形自从阿馨出生以来就不曾改变过，他们很喜欢全家人在一起的那份温馨。

阿馨望着天花板，小声叫着躺在身旁的真知子：“妈妈。”

真知子没有反应，她一躺进棉被里就会很快入眠。

阿馨有种莫名的兴奋，他认为重力异常点的分布图和长寿村的位置互相重叠，并不是偶然的现象，因此，地球上所有的生命和地球重力之间，一定存在某种关联。这件事是无意中发现的。有一天，他在电视上看到介绍长寿村的特辑，没多久，他的计算机屏幕上就显现出一张世界重力异常地点的分布图，他也搞不清是有人从网上传给他的，还是自己上网时获取的资料。因此，他最近玩电脑的时候，总是非常注意关于重力异常区域的资料。

事实上，不管计算机处理信息的能力有多好，计算速度有多快，也不具备“灵感”的功能。机器无法把两个完全不相关的事物联系在一起思考，除非将人脑和计算机组合在一起。

阿馨最大的愿望是了解这个世界的结构，因此他很喜欢问各种问题，尤其是和生命起源有关的，例如生命是如何诞生的？自己为何会在这里？

阿馨对进化论和遗传学很有兴趣，他所有的疑问也都集中在生物学上。他对“奥巴林的团聚体假说”中生命是从无机物的世界慢慢发展成 RNA，然后产生 DNA 的说法持怀疑态度，认为一旦探索到生命的起源，就可以知道“自我复制”是很重要的一点。DNA 控制“自我复制”，DNA 中的遗传信息指导合成承载生命元素的蛋白质，而蛋白质是由数百个含有二十种氨基酸的组合排列而成的，并且由 DNA 指定其排列方式。氨基酸的功能并不仅限于组合排列，它对蛋白质而言是不可缺少的元素。如果将混沌时代的大海比喻成满溢的浓稠汤汁，那么，究竟是用什么力量搅动这锅浓稠的汤汁，才能让海中的生命诞生？氨基酸的排列方式是偶然产生的，还是具有某种特定意义，它发生的几率又是多少？这些都有待探索。

阿馨为了更容易理解，用简单的数字进行举例，假如在 100 个含有 20 种氨基酸的组合中，形成蛋白质的几率就是 20 的 100

次方分之一。20的100次方所得出的数字比整个世界的氢原子多得多。实际上，生命的诞生在几率上来说并不高，却依然诞生了，这一定是某种因素使然。究竟是什么因素呢？这正是他急于解决的问题。但他不想搬出“神意”和“被做过手脚”这种理由来解释。这一切或许是他的幻想，因为至今仍有许多理论无法证实。如果单凭自己的学识去推断自然事物存在的原因，最后可能连眼前的实体都会变成虚无。

昏暗的和室中仅有一盏小灯泡的光芒，四周的寂静让阿馨胸口的心跳声十分明显。突然间，一阵摩托车引擎声传到耳际，他眼前立刻浮现出秀幸骑着摩托车滑行到车库里的情景。“啊，是爸爸。”

秀幸买这辆摩托车还不到两个月，每次下车后，他总是带着满足的神情望着新摩托车。

阿馨今晚头一次凭自己的第六感来揣测父亲的行动。他想象着秀幸的每一个动作：关掉摩托车的引擎，把安全帽夹在腋下，走进电梯中，盯着显示楼层的灯……

电梯上升到二十九楼的这段时间里，阿馨也在心中默念着“一、二……”。电梯门一打开，秀幸快步走在铺着地毯的走廊上，然后站在二九一六室的门前，从口袋里找出卡片钥匙插进去。这时，阿馨想象中的动作和声音立刻被现实中的声响取代，传来一阵开门声，他在胸中呐喊着：“爸爸。”他很想跳起来去迎接，但还是克制住了——他想预测父亲的下一个行动是什么。

秀幸没有注意到家人已经睡着了，夹在腋下的安全帽碰撞到走廊的墙壁，发出不小的声响。他还是和往常一样哼着歌，今天弄出的声音比平常还大，让人觉得他精力旺盛。

屋里静寂下来，阿馨无法再预测秀幸的动作，他大脑一片空白。冷不防地，他的棉被被人一把掀开。走廊上的灯光突然亮起来，阿馨的眼睛眯成一条细线。秀幸一脚踏在榻榻米上，然后双膝跪下，把嘴巴凑近阿馨的脸庞，说：“小子，快起来。”阿馨故意装成刚被吵醒的样子，含糊地问道：“啊，爸爸，现在几点了？”

“半夜一点。”

“是吗？”

“快点起来。”有时候，秀幸会半夜故意叫醒阿馨，父子俩喝着啤酒聊到天亮。第二天，阿馨就会爬不起来，向学校请假，整个上午都在家里睡觉。上个星期，阿馨就有两天因为秀幸半夜吵醒他而上学迟到。秀幸觉得小学课程毫无意义，不去也罢。阿馨对父亲这种态度很无奈，他认为学校并不只是上课的地方，更是让孩子游戏的场所，可秀幸无法理解这一点。

“我明天想去学校上课。”为了不吵到熟睡的母亲，阿馨低声说，“我可以和您说话，但是不能太晚。”他坚持和秀幸约法三章。

“你这个小鬼还真会讲道理，到底谁才是爸爸？”秀幸故意不理会阿馨的顾忌，声音很大。阿馨为了让他闭嘴，马上跳起来将他推出去，他们离开走廊，往客厅的方向走去。

我到底更像谁？阿馨想。他和秀幸的脸形不太相像。从个性上来看，秀幸有些粗线条，阿馨则比较纤细。他虽然还是个孩子，但性格与外表都和秀幸不太一样。

“哇，好重。”阿馨喘了一口气，站着休息。秀幸一动也不动，赖皮地笑一笑，接着打开冰箱拿出一罐啤酒，倒在杯子里，拿到阿馨面前晃了晃：“要不要来一杯？”

“不要，被妈妈知道，她又要生气了。”

“我只是随便问问嘛。”秀幸一口气把啤酒喝完，擦擦嘴巴。

“有您这种父亲，小孩子一定要更独立才行。”

秀幸又倒了第二杯，啤酒罐顿时空空如也。

“能像这样一边欣赏你的脸色一边喝啤酒，真是太棒了。”

事实上，阿馨并不讨厌陪父亲喝酒，看到父亲喝得津津有味，他也觉得很高兴。喝酒不仅能让秀幸消除工作上的疲惫，也可以稳定他的情绪。阿馨很体贴地又去冰箱里拿出一罐啤酒，倒在杯子里。

“喂，小子，去把你妈妈叫起来。”

“不行，妈妈很累，她已经睡着了。”

“我不是也很累，都没有去睡觉。”

“那是您愿意。”

“没关系，快去把她叫起来。”

“您叫妈妈起来有事吗？”

“嗯，叫她一起来喝啤酒。”

“说不定妈妈不想喝。”

“没关系的，你只要说我叫她起来，她一定马上跳起来。”

“只有我们两个人也无所谓呀，而且我待会儿有事要问您。”

“拜托你不要再说那些艰深难懂的事情了，现在去叫妈妈，没有什么比这更重要。”

“您每次都这样。”阿馨十分不情愿地走向和室——为什么我得负责将熟睡中的妈妈叫起来？爸爸为什么不自己去叫？阿馨记得几年前他有一次把母亲叫起来，母亲气得惩罚了他一顿。

在二见家，秀幸并没有发挥父亲该有的威严，反而是全家人中最幼稚的一个，不过大家还是顺着他任性而为。尽管如此，阿馨还是很尊重科学家父亲，他只是觉得秀幸缺少一些成人必备的东西，至于是什么东西，他也说不上来。或许爸爸是多了点孩子气吧。在长大成人的过程中，一般人会慢慢地褪去孩子气，增加一些大人该有的生活常识,如此一来,才能成为一个真正的“大人”。

3

阿馨怀着忧虑的心情回到卧室，正在犹豫要不要掀起真知子的棉被，真知子却坐了起来，用手解开头发。

“啊，妈妈，对不起，吵醒您了。”阿馨立刻道歉。

“没关系。”真知子温柔地说。

阿馨很少看到真知子生气，她一向都不会提出无理的要求。二见家的关系呈现三足鼎立状态。阿馨面对真知子时是强势，但面对秀幸时就是弱势了，他对秀幸一些不合理的行为只能听命行事。秀幸对儿子采取强势态度，经常敷衍儿子，但面对自己的妻子就会收敛强硬的态度，碰到妻子心情不好的时候，他甚至有些胆怯，因此叫妻子起床的事，他都推给儿子去做。虽然真知子对儿子很宽容，但有时也会对秀幸的任性大为不满。这种强弱关系得到了平衡，才能维持二见家的安宁。三个人相处久了，有时难免产生一些误会，然而终究都会消解。

“你父亲在做什么？”真知子用手指轻轻按着脖子，将头发盘上去。

“他在喝啤酒。”

“这个人真是的，这么晚还……”

“他还说请妈妈也一起加入，如何？”

真知子笑了笑，从被窝里站起来。

“我的肚子也饿了。”

“或许他这会儿想我了吧。”

听到这种毫不避嫌的情话，阿馨的脸不禁涨红了，这让真知子有些奇怪，不禁微笑着看着儿子。阿馨非常在意父母亲密的一面。这源于六月中旬的一个晚上，他在厨房里无意中看到父亲全身赤裸的样子，顿时受到不小的冲击。

那晚，阿馨关在房间里玩电脑，去厨房里喝水。有时秀幸和真知子会关在各自的房间里工作，然后在各自的房间里睡觉，屋子里显得分外安静。阿馨心想，今晚他们俩应该在做各自的事儿，他没有注意到秀幸和真知子其实是待在同一个房间里。

阿馨站在黑暗中，将矿泉水倒进杯子里，然后放入一块冰块。他再次打开冰箱将冰块放回冷冻室，正好和刚走进厨房的秀幸打了个照面。借着从冰箱里照出来的灯光，他发现秀幸居然光着身子。

秀幸也吓了一跳，有些不悦地说：“你也在这里？”他毫不在意自己全身赤裸，依然从阿馨手中抢过杯子，大口大口地喝水。让阿馨更吃惊的是，秀幸的生殖器胀得比平常大，上面还覆盖着一层薄薄的黏液，闪闪发光。平常阿馨和秀幸一起洗澡的时候，他的生殖器大多是垂下来的，但是现在好像刚完成了任务，很有生气。

一直到秀幸喝完水，阿馨仍然把目光停在他的生殖器上。

“你在看什么？羡慕吧？”

“哪有！”阿馨很不屑地回答。

秀幸用右手食指从自己的生殖器前端抹了一点精液，把手举到阿馨的面前。“看，这是你的祖先。”然后，他在大理石台的边缘擦了一下手指。

“咦？”阿馨转过身去，注视着大理石台边缘的白色黏液。秀幸恶作剧之后便转身走进厕所里，没多久，传出小便的声音。

阿馨搞不清秀幸到底是个什么样的人，他平常的行为幼稚得连个小孩都不如，唯一可以确定的是，他是位优秀的信息工程学研究员。阿馨一边思考这个问题，一边研究大理石台边缘的精子。他想象大量的精子在水中到处游来游去，然后失去热能慢慢死亡的样子。他甚至想象着那些精子个别的形貌，渴望了解它们活动的情形。

这些从秀幸的身体中重复分裂而产生的精子，和卵子一样拥有一半的染色体。与同数量的染色体结合，变成受精卵，才能算是一个完整的“人”。根据阿馨的理解，精子和卵子都是构成个体的基本单位。生殖细胞在生命诞生之后还会持续不断地生长，以达到繁衍种族的目的。

阿馨想不到自己竟然有机会亲眼观察父亲的精子，这是他生命的源头——我是从如此渺小的东西生长发育而来的吗？爸爸的身体中制造出精子，然后与妈妈的卵子结合，创造出另一个新的生命来，真是不可思议！

秀幸上完厕所后，发现阿馨还站在大理石台边。他已经忘了自己刚才率性的恶作剧。“小子，你在做什么？”

“我在观察爸爸的‘那个’。”阿馨头也不抬地回答。

秀幸不由得笑了一笑。“笨蛋，哪有人像你这么热心地观察那个东西。你不觉得害羞吗？”

秀幸顺手拿起厨房的抹布擦拭身上，然后丢到水槽里。霎时，阿馨脑海中想象出的生命图景完全被抹杀了，他顿时涌上一股厌恶感，尤其是看到秀幸随便用抹布擦拭自己的身体，然后随手丢弃，更觉得不舒服。

真知子当然不知道秀幸走出卧室后戏弄儿子的举动，她一旦知道，可能会十分羞耻，甚至有一段时间不和秀幸讲话，恐怕今晚也不会起床做下酒菜了。

真知子喃喃自语着：“真是没有办法。”她整理一下头发，把扣错的睡衣扣子又重新扣好。阿馨看到真知子的样子，不禁露出微笑。

4

真知子穿着拖鞋走着，阿馨跟在她身后来到客厅。

“不好意思，这么晚还把你叫起来。”秀幸咧开嘴笑了。

“没关系，你肚子饿吗？”

“嗯，有一点。”

“想吃什么？”

秀幸抓住正要走进厨房的真知子，拿出啤酒杯。“先喝一杯吧。”

真知子接过杯子，一小口一小口地喝。她不喜欢碳酸饮料，没办法一口气喝完整杯啤酒，不过酒量还不错。秀幸看着她喝完，将领带扯松一点。其实身为一名学术研究者，根本用不着系领带，但秀幸仍然习惯穿上西装、衬衫，骑摩托车去研究所上班。他穿着西装骑摩托车的情景经常招来路人好奇的眼光，但他一点也不在意。他站在忙着炒香肠的真知子身旁，开始向她报告今天在研究室发生的事。他指名道姓地批评着同事，根本忘了一旁的儿子，完全沉浸在夫妻俩的世界里，阿馨不禁觉得很无聊。

“阿馨，你有没有问爸爸那个问题？”

“什么问题？”真知子突然插话，阿馨一时没反应过来。

“就是那个重力异常的事嘛。”

“哦，是那个。”阿馨把放在碗柜上的两张复印纸交给秀幸。

“这个孩子的新发现，让我大大吃了一惊。”真知子夸张地说道。其实这个发现对阿馨来说并不稀奇。

秀幸接过那两张纸，盯着其中那张画有“+”“－”数值和等高线的世界地图，过了会儿，他疑惑地问道：“这不是重力异常的分布图吗？”

秀幸又把视线移到另一张复印纸上，这次他可没那么快就推测出其中的含义。他脑海中已经有地球上的地质分布图，但是怎么看也无法理解第二张纸上的黑点到底代表什么意思。他依据重力异常的特性作各种推测，认为那或许是埋在地下的矿物。

“这是什么？”秀幸终于投降了，询问阿馨。

“这是标明全世界长寿村位置的位置图。”

“长寿村？”一听到这句话，秀幸马上把两张纸重叠在一起，“哦，只有在重力‘－’值的区域才有长寿村？”

“大概是这样吧。”阿馨十分兴奋地看着父亲，高兴地点点头。秀幸眼中闪烁着耀眼的光辉，这正是阿馨喜欢和他谈话的乐趣之一。

秀幸抬起头来问道：“难道这就是你的问题？”

阿馨担心这个新发现只有自己不知道，别人却认为很平常。他说出自己的忧虑，秀幸却爽快地回答：“不会，至少我不知道。”

“是吗？”

“说不定人类的寿命和地球重力间存在某种关系。这两张纸如果没有显示出明确的特征，就会被人判定为偶然。不过，小子，长寿村的定义是什么？”

秀幸的质疑是正常的，阿馨也有相同的想法，长寿村的定义究竟是什么？是长寿的人口比其他地区多，还是平均寿命比其他地区的人长久？如果是后者，也可以将日本视为一个大长寿村。比较正确的做法，应该是对那些黑点设限制，和周围地区划清界限，然后筛选出超过百岁的人口，再和村子总人数相比较，换算出长寿几率的高低。实际上，长寿村在科学上并没有明确的定义，也没有实际数据证明长寿村的长寿人口比别的地区多，这只不过是个称呼。

“我想，长寿村在科学上应该没有确切的定义。可是为什么会产生这种结果呢？”秀幸不断重复同样的话。

“爸爸，你听过其他表明重力和生命有关的理论吗？”

“嗯，我听说过如果在无重力空间里让鸡生蛋，会生出没有受精的蛋，这个你听说过吗？”

“我在很久以前听说过。”阿馨在三个月前观察父亲的精子时，也想到在无重力状态下交配的鸡产下没有受精的蛋一事。他好奇地想，如果卵子没有经过受精，只借着细胞分裂而诞生、成长的话，究竟会变出什么样的人，或许是个皮肤很光滑、有着鹅蛋脸的女人。阿馨对自己的想法很吃惊，甩甩头想驱走这种思绪。

“我想，在理论上应该没有什么关联。但是，你为何会把重力异常和长寿村扯在一起？”

“哦。”阿馨让想象力随意驰骋的时候常常听不到别人说话，过了一会儿，他才开始说明，自己看到电视上播出长寿村的专辑报道，一时心血来潮，便从计算机里找出重力异常的分布图。

“我想这只是一种偶然。”

“如果是无意义的偶然事件，之后也不会发生灾祸，就不算是不祥之兆了。”

“不祥之兆？”这种说法并不属于科学的范畴，阿馨不理解秀幸为何会提到。

真知子做好下酒菜后，走到餐桌旁，默默地听丈夫和儿子谈话，她一听到丈夫说出“不祥之兆”，便挨近他。秀幸马上察觉到妻子的反应，问她：“真知子，你知道什么有趣的不祥之兆吗？”

“为什么问我？”

“你不是一直很相信那种东西吗？”

真知子常常看周刊杂志上的占卜专栏，了解很多世界各地的民间传说。“哦，你说的不祥之兆是不是指‘送手帕给爱人，两人就会分开’这种禁忌？”

“那种事谁都知道，还有没有比较特别的例子？”

阿馨不知道秀幸想要哪种“不祥之兆”，其实他想找出两件原本毫无关联的事偶然联系在一起的例子。

“特别的啊……如果看到黑猫在水里游泳，身边的人会死掉。”

阿馨马上嘟起嘴唇问道：“咦，真的会吗？”

“是啊，你应该也知道呀。”真知子朝秀幸说道。秀幸却笑着问：“还有没有其他禁忌？”

“‘你踏出家门时，如果椅背对着窗户，钱包会消失’，你有没有听过这种说法？”

秀幸拍了拍手说道：“好，让我们来看看这些禁忌。我们无法分辨它的真伪，只能假定那是‘不祥之兆’。”

“哼！”

秀幸看到真知子噘起嘴来，连忙说：“我知道，‘踏出家门时，如果椅背对着窗户……’和‘钱包会消失’属于两种现象，其间的关联没有科学根据。照理说，全世界有许多不同的民族，生活方式不一样，不祥之兆也应当不尽相同。但我不理解的是，在人烟稀少的地方，居然也会流传着完全相同的‘不祥之兆’。以刚才真知子说过的‘不祥之兆’为例，别的地方是否也有这种说法？”

“当然有。欧洲和美洲大陆都有这种传说。”

阿馨和秀幸两人惊讶地面面相觑。

“真知子，你有没有想过，为何会有这些不祥之兆产生？”

“没有。”真知子很干脆地回答。

“小子，那你呢？”

“我猜应该和人的心理有关吧。”

秀幸面前已经摆了五个空啤酒罐，三人的谈话越来越起劲。

“‘不祥之兆’显示经历某种过程后，必定会产生某种结果，结果又多半以不祥的事情居多，当然也有好事。总而言之，‘不祥之兆’是讲述某种现象与其他现象间的关联性。

“有时，这种关系可以用科学来说明，例如‘如果云从东往西飘,就会下雨’这种‘不祥之兆’,用现代的气象学就可以解释清楚。至于‘拍照的话，寿命会变短’，以及‘筷子断了，木屐带子会断掉’或‘看到黑猫和蛇会遭遇不幸’，都让人觉得心里发毛，引发人们的不安。

“问题是有些现象没有任何道理，令人摸不清为什么会产生这种传说，例如‘踏出家门时，如果椅背对着窗户……’和‘钱包会消失’，这两种现象之间究竟有什么关联？”

秀幸说到这里就停下来，盯着阿馨看。

“这或许是从许多经验中得出的。”

“没错。想提高‘踏出家门时,如果椅背对着窗户……’和‘钱包会消失’两者相符的几率，必须看看实验结果才知道。”

“统计数据又是怎么来的？”

“这一定是当事人观察到这两种现象之间有关联性，才跟别人说的，当事人发现钱包不见时，刚好椅背对着窗户，因此转述给其他人。最重要的一点是，听到这件事的人也有过类似的经验，因此坚信确有其事。一旦这个传说为第三人所知，如果他没有这种体验，就会置之不理，这种传闻也会因而消失。如果是大家都有这种共识，‘不祥之兆’就会流传下来。只要这两种毫不相关的现象产生关系，而且有普遍性，这种关系就会变得更为坚固，现实和假想空间便开始互相呼应。里面可能有很深的关系。”

“生命的产生也是这个道理呀。”阿馨喃喃自语。真知子和秀幸不禁对视了一眼。

“这让我想到了‘环’。”真知子喃喃道。秀幸马上给她使眼色，让她换话题，他不想触及和“环”有关的事。

秀幸出身医学院，大学毕业后继续攻读硕士，并且改变原本专攻的科目，改念元数学，重拾对生物学的兴趣。他认为，如果能用数学术语来说明生命的表现方法，生物学会更加生动活泼。

秀幸即将博士毕业时,被网罗到由日美合作的“人工生命开发”计划内做研究员，一直很想利用计算机创造“人工生命”。他二十几岁就和真知子结婚，但那时还没有小孩。当了五年的研究员后，研究计划突然被冻结，终告失败，秀幸一直无法释怀。这个突然遭冻结的“人工生命”计划，名称就叫“环”。

5

秀幸还是顺着“环”的话题说了下去，他问阿馨：“你认为生命的产生，是出于偶然还是必然？”

“我只能说不知道。”

目前阿馨只能确定自己是真的存在于这个世界上，因此可以说生命是必然的。但他无法确定地球外是不是还有其他的生命，因此也可以说，生命是宇宙偶然的恩赐。

“你有什么想法？”

“我们不该用现代科学的眼光对未知的事物作评判，这是不对的。爸爸不也常常这样说吗？”

秀幸不由自主地微微一笑。阿馨看到秀幸脸上的红晕，就知道他已经喝得差不多了。桌上已经摆了六个空啤酒罐。

“你只要把它想成一种游戏，我想知道你的想法。”

此时真知子又回到厨房做炒面，她停下手上的动作往阿馨这边瞧，眼中闪烁着骄傲的光芒。

阿馨认为，既然宇宙是生命的发源地，那么以人当例子比较好。首先，婴儿应该从何时起算是一个“完整的人”？是从母体分娩出切掉脐带的时候？还是在输卵管受精后到子宫着床完毕的时候？

人的神经系统在受精三周后就形成了，如果那时胎儿就有思考能力，对胎儿来说，母亲的子宫就是整个宇宙，胎儿会思考自己为什么会在这里面，一边浸泡在羊水中，一边想着出生计划。胎儿全然不了解子宫外还有其他世界，也无法知道自己是由生殖行为产生的。从子宫内部的环境来推测，或许他会认为羊水就是生养他的父母吧？羊水有如覆盖在原始地球上的有机质浓缩水，将它搅拌一下，就会产生包含二十种氨基酸的蛋白质，然后它开始自我复制……

然而，这就像让人猿用打字机打出莎士比亚的文章一样，成功几率差不多等于零。假设有人说，人猿在好几百万年前就会使用打字机，一般人绝对无法接受；再说它们能打出莎士比亚的文章，人们一定会认为这件事被人做过手脚，一定是哪个人打好的。但是泡在羊水中的胎儿只会认为自己的出生是偶然，并不会有“这件事让人做过手脚”的想法，因为他们根本不知道外面的世界。胎儿大概在子宫内发育三十六周，然后从产道诞生，第一次接触到生下他的母亲。随着时日的延伸，增加许多知识以后，他才能知道自己是如何诞生的。处于子宫内部的那段时间内，胎儿应该没有认识外在世界的能力。

阿馨从胎儿在子宫内、子宫外这两段成长时期的特点，来推理宇宙和地球上生命现象的产生究竟是偶发还是必然。

子宫孕育胎儿的机能几乎是先天就具备的，而“受精”这种现象可以是偶然的，也可以是刻意而为，很多女性就计划不生小孩。女人一生中如果生两个小孩，那么胎儿待在子宫内部的时间就不满两年，还是待在子宫外的时间比较长。

再回过头来看看这个宇宙，既然宇宙中存在生命，那生命就属于必然现象吗？子宫更多的时候并不是作为胎儿生活的场所，这么看来生命的孕育是偶然的。而且宇宙中也不是到处都充满生命，因此大概可以认为，宇宙不孕育生命才是自然的。

阿馨在秀幸面前再次打开重力异常分布图，指指某一点，那是横跨北美大陆西部的亚利桑那州、新墨西哥州、犹他州、科罗拉多州四州的沙漠地带。“您认为这个地方怎么样？”

“这里有什么？”秀幸努力睁开眼睛，靠近地图。

“看看这附近重力异常的值。”

秀幸发觉眼前的数字有些模糊，不禁揉揉眼睛。

“你看，对着这一点，等高线的值慢慢变小了。”

“真的。”

“这里的重力异常现象极为明显。”

“哦，负值非常大哟。”

“以地质学来看，这附近应该存在某些东西，才会造成重力异常现象，说不定这里的地底下埋藏着质量特别小的物质。”

阿馨用笔在这四州的交叉点附近打上“×”记号，那个地点并没有写上准确的重力值，但从它四周的等高线来分析，那儿的重力非常小。阿馨和秀幸无言地望着地图。此时，原本睡着的真知子忽然抬起头来，疲倦地说道：“那下面一定没有东西。”她显然装作睡着了，偷听父子两人谈话。

“什么？你还没睡着？”

阿馨明知沙漠底下并没有埋藏东西，然而还是觉得，如果地下有个巨大空间，要说明重力异常现象就容易多了。地底下可能有个广大的钟乳石洞，而且从远古时代起就有部落住在里面，如此一来，长寿村就很可能存在了。阿馨突然产生一股强烈的意愿，很想去那个地方一探究竟。

“这不是很奇怪吗？在什么都没有的空间里，存在着某种东西……”真知子自言自语，从椅子上站起来。

“妈妈，你对这个地方也很感兴趣吧？从重力异常负值和长寿村的位置一致这一点看，这里很可能是长寿村的所在地。”

其实让真知子感兴趣的是北美的民俗学，尤其是美国各州的民俗活动，阿馨故意设下圈套，他觉得与其从自己嘴里讲出这个期望，不如让真知子说出来，实现的机会更大。一如他的期盼，真知子对这件事非常感兴趣。

“这里是印第安人居住的地方。”真知子知道那些印第安部族从远古以来就一直定居在荒凉的沙漠和溪谷旁，虽然不能确定那个地方就是长寿村的位置，但光凭猜测就激起她的好奇心了。

“这小子不知道在计划什么。”秀幸察觉阿馨另有企图。

阿馨带着期盼的眼神看着真知子，诱导地问：“你是不是很想去那里看看？”

“那还用说吗？”

“你们想到这四州交界的沙漠地带去？”秀幸若有所思地问道。

“咦？”阿馨偷看了一下秀幸的表情。

“大概明年夏天或后年，我可能会被调到这附近去。”

“真的？”阿馨高兴地大叫。

“嗯，因为新墨西哥州的罗斯阿拉墨斯研究所和圣塔菲的研究所有点事情，必须过去一段时间。”

阿馨马上在父亲面前双掌合十祈求：“请带我一起去。”

“真知子，你也要一起去吗？”

“那当然。”

“好，那我们就全家一起去吧。”

“就这样约定啦。”阿馨马上拿出笔和纸，写好一张同意书。凭着过去的经验知道，有了这张纸的约束，实现愿望的几率远大于秀幸口头上随便说说。秀幸潦草地签好名字，拿起同意书说：“看，我可是很认真地和你们约定啦。”

阿馨拿过同意书，看了看内容，才安心地准备睡觉去。

屋外的天色已经亮了，太阳正从东边升上来，发出炙热的光芒，完全不像九月该有的气候。西边的天空中，星星尚未完全消失，让人搞不清楚现在到底是夜晚还是早上。

秀幸和真知子回卧室睡觉了，阿馨依然站在窗边欣赏风景，随着太阳升起，晨曦多变的色彩让他欣喜不已。眼前的东京湾飞来一群群海鸟，发出嘤嘤的鸣叫声，然后划过即将消失踪影的星空下方。

太阳完全从东边的地平线上升起时，阿馨才走入和室。秀幸躺成大字形睡着，没有盖毛巾被；真知子则是弓着身体，抱着毛巾被，看来睡得很熟了。阿馨握着要去沙漠的同意书，抱着枕头侧躺下来，然后弓着身体，带着愉悦的笑容进入了梦乡。

第二章

CHAPTER 02

癌症病房

1

阿馨二十岁了，他看起来比实际年龄大了许多，不仅在体格上比一般人壮硕，连想法和行为都超乎年龄地早熟。凡是见过他的人，都说他比同龄人更稳重、更有责任感，原因是阿馨从十三岁起就被迫负起一家之主的重担。

十年前，他还是小学生的时候，身体非常瘦弱，每天只顾着从父亲秀幸那里吸取自然科学的知识，并跟随母亲真知子学习语言，根本不必过问日常琐事。他每天只是发挥想象力，想象这个世界是用什么东西组合而成的，它的构造又是怎样的等等。

阿馨一想到十年前的事就觉得恍如隔世。那时他常常和父母谈话谈到深夜，并且对计算机极感兴趣，根本察觉不出一道黑色的影子在慢慢接近他们。

阿馨当时热衷探讨长寿村的分布位置与重力异常之间是否有关联，并从中找寻重力负值异常大的地方，如北美大陆地区的亚利桑那、犹他、科罗拉多、新墨西哥四州横跨的区域，还订下要去探访这些区域的家庭旅行计划，甚至让秀幸签下同意书，没想到却无法如愿成行。

那张举家到北美旅行的同意书，阿馨一直很珍惜地保存着。秀幸虽然常常想实现这个约定，但身为医学院学生的阿馨十分清楚这是不可能的，因为秀幸已经感染了“转移性人类癌病毒”。

阿馨不知道“转移性人类癌病毒”的起因为何，只是联想到多年前秀幸开始抱怨胃不舒服，一定是病毒使某种细胞癌变，产生了癌细胞，并且在秀幸体内进行细胞分裂。就这样，癌细胞在没有任何预警的情况下悄悄繁殖着，一家人准备到北美沙漠旅行的梦想也因此破碎。

一开始，秀幸调到新墨西哥研究所工作的计划出了一些问题，比预定时间稍稍延后，在第三年终于安排妥当。秀幸预定在罗斯阿拉墨斯研究所和圣塔菲研究所停留三个月，真知子和阿馨则提早两个星期出发。他们在出发前两个月预订好机票，但就在那年的初夏，秀幸突然说出长久以来一直在胃痛。

“去看看病吧。”

秀幸没有将真知子的意见听进去，认为这只是胃炎，一切日常生活仍然照旧。夏天来临时，秀幸胃痛的次数逐渐增加，在预定出发的前三周，他甚至疼得连连呕吐。即使这样，秀幸为了不让家人期待许久的旅行受阻，还是拒绝接受医院的精密检查。

疼得实在难以忍耐了，秀幸才终于愿意接受检查。结果发现胃的幽门部位长了肿瘤，必须尽快办理住院手续，期待已久的家庭旅行被迫取消。更糟的是，主治医生告诉阿馨和真知子，秀幸胃部的肿瘤属于恶性的。

就这样，阿馨十三岁那一年的暑假，仿佛从天堂掉到地狱一般，不仅旅行被迫取消，而且整个暑假都忙着往返于医院和家之间。

“只要将病养好，明年就可以到沙漠旅行了。”秀幸坚强而开朗地说，这也是他活下去的原动力。

真知子受到重大打击，身心俱疲，阿馨必须代替母亲料理家中的一切，他每天到厨房做三餐，勉强将食物送入真知子的口中，同时不断地吸收医学知识，让真知子对未来保持乐观的想法。

秀幸的手术进行得非常顺利，胃被切除了三分之一，如果癌细胞没有转移到其他部位，秋天他就可以重返家庭和研究室。

从那个时候开始，秀幸改变了对阿馨的教育态度，他在住院期间对儿子存有一份依赖心，因此重新以男人的心态来看待儿子，并以前所未有的严厉态度教导儿子成为一个强壮的男人。他不再叫阿馨“小子”了，特别注重阿馨在肉体上的锻炼，似乎拼命想将自己身体中逐渐消失的能量转移到儿子身上。阿馨也感受到了这种情绪，他默默回应着父亲的期待。

过了两年，阿馨十五岁生日那年，秀幸的身体起了一些变化，有出血现象发生。“出血”是宣告癌细胞转移的红灯，秀幸没有多加考虑便去拜访主治医生，医生做了放射线检查，结果在结肠部位看到半个拳头大的肿瘤，只能手术切除。切除方案有两种，一种是保留肛门只切除结肠，另一种是切除结肠和肛门，再装上人工肛门。选择前者，癌细胞有可能再扩散，后者控制癌细胞的状况较好。医生大都希望病人装上人工肛门，不过决定权在患者手上。

经过分析讨论，秀幸选择了完全切除肛门，他决定选择较高的存活率，和癌细胞对抗。

就在夏天，秀幸又住进医院接受手术，医生一开刀，才发现癌细胞的扩散情形并没有想象中那么糟，本想采取保留肛门的方式，但操刀的医生考虑到患者的期望，还是把肛门完全切除了。和两年前一样，秀幸也是在秋天出院。往后的两年间，二见家一直生活在癌细胞复发的恐惧当中。

刚好过了两年，又出现黄色信号，秀幸经常发烧，全身蜡黄，一看就知道那是黄疸的症状，也就是说，他的肝脏已经被癌细胞侵蚀了。在前面两次手术中，医生确定他的癌细胞不会转移到肝脏或淋巴腺，然而情况出乎意料，医生们只能摇头苦思。阿馨也认为秀幸的体内有种不为人知的病毒，应该是癌病毒的一种，这让他对基础医学产生了极大的兴趣。十七岁的夏天，阿馨提早从高中毕业，进入大学医学院一年级，这所大学正是秀幸的母校。

秀幸第三次登上手术台，这次丧失了一半的肝脏。阿馨和真知子从之前的经历得知，秀幸的癌细胞并不会因这次手术而消失，很可能又会转移到某处，他们战战兢兢地等着看敌人将从什么地方出现。

“看来癌病毒不将他身上的所有器官拿得一个都不剩，是不会停止攻击的。”真知子很认真地说。她完全听不进阿馨说的医学知识，只要一听到何处开发出新型疫苗，不等试验结果出来，就千方百计想拿到；听到某种疗法有效，就马上想办法尝试。

真知子一边强迫医生做淋巴细胞免疫疗法，一边向新兴宗教祈求秀幸减轻病痛、早日康复。总之，只要能挽救丈夫垂危的生命，即使要向恶魔出卖灵魂，她也在所不惜。真知子这种到处奔波的疯狂模样，在阿馨成长中留下了黯淡的回忆，这意味着秀幸的死将让真知子的精神面临崩溃。

之后，秀幸所有的时间都在医院的病床上度过，他才四十九岁，看起来却像个七十岁的老人。因为抗癌药剂的副作用，他头发全部掉落，肌肉也渐渐萎缩，皮肤的光泽也消失了，他整天一边喊“好痒、好痒”，一边用手指在身上乱抓。即使如此，秀幸依然没有放弃要活下去的意志，他躺在医院的病床上，握着真知子和阿馨的手说：“你们都知道，明年我们要去北美的沙漠啊。”

秀幸并不是随口说说，他是真心想达成约定，努力和病魔战斗。他的态度非常积极，看待生命的态度也十分认真，从来没有放弃。不管情况恶化到什么地步，他都坚信自己可以击败病魔，使身体好转。这份心意让阿馨十分信赖，也感到非常悲痛。

在这个世纪里，罹患和秀幸相同病症的患者逐渐增多，已经成为一种症候群。没有人知道这种新型癌症的确切来源，阿馨是后来才从几位医生口中得知这种新型病毒是如何让细胞癌变的。至于这种癌病毒和以往的癌病毒有何不同，目前还不了解。没过多久，有数百万人遭到这种新型癌病毒的侵袭，人们的不安渐渐高涨。

终于，在一年前，K 大学医学院将新型癌病毒分离成功，证明这种转移性癌症是由某种病毒引起的。这种新形态的癌病毒被称为“METASTATIC HUMAN CANCER VIRUS（转移性人类癌病毒)”，大致具有以下特征：

第一点，令细胞癌变的就是RNA的逆转录酶病毒，因此被病毒感染的人类全都处于致癌的危机中。不过，病毒潜伏期的长短视个人体质而有差异，临床实验表明，从被病毒感染到癌细胞开始成长的时间，三年到十五年不等，差异性很大。

第二点，此种癌病毒会经淋巴细胞进入体内，然后经性交、输血、母乳造成感染，目前感染率不高，但不能保证未来不会变成由空气传染，因为病毒正以惊人的速度不断“突变”。

从传染途径来看，这种新型癌病毒和艾滋病毒十分类似，艾滋病毒也是因某种刺激产生突变。有些学者据此推测，这种癌病毒有可能是艾滋病毒在疫苗的刺激下，巧妙结合其他病毒，改变形态生成的。

事实上，这两种病毒不只是传染途径类似，连栖息在人类体内的方式都酷似。首先，具有逆转录酶的“转移性人类癌病毒”和人体的细胞核融合，然后释放出RNA和逆转录酶，在这两种物质的作用下合成DNA双螺旋。

就这样，合成的DNA与正常细胞的DNA一组合，便会使细胞癌变。更严重的是，正常细胞无法区分本身的DNA和病毒的DNA，仍旧不停地制造癌病毒，往细胞外释放。被释放出的癌病毒分别流进血管和淋巴腺，然后一边巧妙地应付免疫细胞的攻击，一边静静等待机会转移至其他部位。

第三点，只要“转移性人类癌病毒”一发作，就开始发挥强有力的转移和侵袭作用，它的名称正是由此而来。一般来说，肿瘤分成良性和恶性两种，其中的差异就在于“扩散”和“转移”这两种非常麻烦的特征。即使发现病人体内有肿瘤，只要它们不扩展到周围部位，就不会随着血管或淋巴腺转移。可是，“转移性人类癌病毒”会迅速增加，并且扩散到血管和淋巴腺，对人体的免疫系统具有强大的防御力，比起以往的癌症病毒，它在循环系统内生存的几率非常高。一旦染上这种“转移性人类癌病毒”，必须有心理准备，这种癌症有百分之八十的几率会转移到其他部位，尚无其他的治疗方法。

第四点，只要被寄宿的人不死，他体内的癌细胞也永远不死。人类的正常细胞在产生之时就有一定的寿命，例如神经细胞会逐渐丧失增殖能力，没有办法重新补充。一般细胞的寿命都和人的寿命相连，可是，若将“转移性人类癌病毒”的癌细胞浸泡在培养液里，它可以无限次地重复分裂，永远不会死亡。这一点让宗教界掀起一阵狂热的讨论，甚至有宗教家预言，一旦正常细胞获得癌细胞的不死能力，人类就可以永生不死。当然，这只是外行人的妄想。癌细胞若是真的永远不死，为何要杀死寄宿的人类，然后让自己也死亡？大部分的人却很自然地接受这个矛盾。

2

阿馨每天都过着繁忙的生活，光是看护秀幸和打工就占了他很多时间，还得随时注意真知子的状态，根本无暇念书。否则，真知子会将所有和癌症有关的特效药拿去给秀幸吃，弄到不可收拾的地步。

如今，一家的生计完全落在阿馨的肩上，他非但没有向父亲诉说家中的困境，反而骗他说，打工是要筹措旅行费用。秀幸对阿馨花费太多精神去打工不以为然，他觉得阿馨应该专心攻读学业，不应该被打工占去太多时间，总是强调自己还有一些积蓄，可以支付阿馨的大学学费。这种乐观的语调让阿馨松了一口气，他期望秀幸能放松，决定不让父亲知道妻儿过着困苦的生活。幸好，以“医学院学生”这个招牌担任家庭教师，可以获得很高的收入。另外，阿馨就读的大学附属医院里有很多儿童患者，父母希望孩子在复学之后能赶上学校的功课，因此经常就近聘请学生当家庭教师。

在这个初夏，秀幸又开始不断重复那句口头禅：“就在今年，我们全家要到北美沙漠旅行。”

就在这时，阿馨接到一个坏消息：医生怀疑秀幸体内的癌细胞已经转移到肺部。他来到附属医院的露天咖啡厅里，喝杯咖啡舒缓一下心情，思考家中未来可能遇到的困难。

这家小咖啡厅位于三楼，它将自助餐厅的中庭围成一个“匚”形，内部装潢得很精致，中庭有座喷水池，而且餐点的味道不错，完全闻不到医院里的死亡气息。

阿馨将视线投向入口处，突然，他不由自主地被一位美丽的女子吸引了。

来人是杉浦礼子和亮次母子，他们在服务生的带领下坐到阿馨斜前方。杉浦礼子穿着合身的米白色夏季西装，那张素净的脸庞吸引着旁人的目光。如果旁边没有亮次在，即使说她只有十几岁也有人相信。

阿馨久久不能移开目光，杉浦礼子从短裙下伸出的白皙双腿，更是让他目不转睛。他记起两个星期前曾在饭店的游泳池边偶然看到过这对母子。他一眼看到穿着绿色泳衣的杉浦礼子，心中顿时有种似曾相识的感觉，觉得好像在哪里见过她。阿馨一向对自己的记忆力很有自信，却无法在记忆深处找到她的身影，只是隐隐有一种不好的感觉。

那个小男孩看起来有些奇怪，他戴着浅色的泳帽和护目镜，穿着一条格子短裤，露出纤细的O形腿，皮肤异常白皙。旁边的玻璃窗上淡淡地映出他们俩的身影，阿馨正好借此观察这对母子的举动。不久，他发现那个男孩的头部很奇怪，泳帽下没有膨胀的头发。

男孩一落座，就把帽子拿下来，露出一颗光秃秃的头，原来这个孩子是在医院接受治疗的癌症患者。这对母子并不是到医院来探望病人，而是母亲陪儿子一起来接受抗癌的化疗。秀幸同样在接受化疗，也因为治疗的副作用使得毛发脱落。

阿馨出神地用手托着脸颊，望着三十多岁的美丽母亲和小男孩默默地吃午餐。他忍不住将男孩和秀幸比较。秀幸今年四十九岁，这个男孩大约十一二岁，两人都在接受抗癌治疗。

那个穿着一身米白色西装、与医院气氛格格不入的母亲，不时抬起头望向窗外。她将举起来的汤匙又放回盘内，一副没什么食欲的样子，然后面无表情地往阿馨这边看过来。四目相接，她的眼神变得温和，阿馨却因为这一眼而无法把视线移开。

杉浦礼子仿佛也想到曾在游泳池边和阿馨碰过面，露出欲言又止的表情。阿馨对她轻轻地点一下头，杉浦礼子也回以同样的动作。接下来，杉浦礼子开始小声地对儿子说教，斥责他扔汤匙和筷子的任性行为，不再注意阿馨这边的举动。阿馨仍然继续观察这对母子，他的意识已经都被杉浦礼子吸走了。

几天后，阿馨又在中庭碰到这对母子。因为坐在同一张长椅上，阿馨终于有机会和他们交谈，他知道了母亲名叫杉浦礼子，男孩叫亮次。亮次得了肺癌，如今医生怀疑癌细胞可能转移到了脑部。在接受放射线和抗癌剂治疗之前，他每天要做许多身体检查。而且，亮次的症状和转移情况与秀幸很相像，很可能也患了“转移性人类癌”这种新型癌症。阿馨顿时感觉找到了同伴——亮次与秀幸都在对抗相同的敌人。“我们是战友呢。”

杉浦礼子也有相同的感触。于是阿馨趁机说出心中的小疑问。

“我是不是在哪里见过你？”

这句话好像是勾引女孩子的老套方法，阿馨一出口，立刻有些不好意思。杉浦礼子带着客套的笑容，说道：“我常常被人这样问，听人说，我跟以前一部连续剧里的女演员长得很像。”

阿馨觉得她的话中有种虚假的意味，说不定杉浦礼子正是那个女演员，不过，既然她故意找理由搪塞，他也不再追究。

他们在中庭道别时，杉浦礼子将亮次住的头等病房的房号告诉阿馨。“下次有空，请你来坐坐。”她一边说，一边轻轻握住阿馨的手。阿馨接触到这双纤细的手，以及她身上那股成熟的韵味时，发觉对她的情愫已经蔓延得让他无法自拔了。

3

第二天，阿馨接受杉浦礼子的邀请，去了亮次的病房。礼子带着亲切的笑容迎接他，亮次坐在床上晃动着两脚看书。身为医学院的学生，阿馨清楚头等病房一天的费用是一般病房的五倍，里面附有浴室和厕所。

“谢谢你能来。”礼子用社交辞令的口气说道，尽管她看起来并不期待阿馨的到来。但她接下来表现得异常开心，对亮次说：“你看看，谁来了。”

阿馨明显看出礼子邀请他来，只是为亮次找一个说话对象罢了，不禁有些失望。因为吸引他前来的并不是亮次，而是杉浦礼子。恋爱经验不足的阿馨对礼子那种有求于人的眼神、慵懒的感觉和惹人怜爱的大眼睛、丰厚的嘴唇，以及充满女人味的身材、同龄女孩无法比拟的成熟气质感到无限着迷。嗅到她散发出的女性气息，他身体深处起了一阵骚动。

相比之下，亮次的视线不会那么令人“胆战心惊”，他眼里的亮光很微弱，视线的焦点并没有固定在什么地方。虽然他往阿馨这边看过来，但目光明显穿过阿馨的身体，在他背后的墙壁上徘徊。亮次将手指伸进膝上的书本当中，阿馨为了打开话题，弯下身子，看了一眼书的封面，上面写着“恐怖的病毒”。他暗自猜想，亮次可能想更详细地了解自己生病的情形，才会阅读这本书，于是说出自己是医学院学生，并问了亮次几个关于病毒的问题。令人惊讶的是，亮次虽然只是小学六年级的学生，却能正确回答出病毒的特征。不仅是 DNA 的构造，甚至连生命的起源，他都有自己的见解。阿馨宛如看到自己小时候的模样，这和以前秀幸教导他科学知识的情形相同，亮次说起话来就像个小大人。

阿馨和亮次打开话匣子的时候，一位护士走进房中，把亮次带到检查室去了。此时，狭窄的房间里只剩下阿馨和礼子两个人，阿馨突然有些不知所措，礼子则离开原来靠着的窗边，若无其事地在床边坐下。

“看不出你才二十岁。”在阿馨和亮次的交谈中，礼子听阿馨说到年纪的事情。

“那你觉得我看起来几岁？”阿馨的外表一直比实际年龄要大，他早就习惯了旁人的惊讶。

“应该要大五岁吧。”礼子讲得有些含糊，不敢太直接。

“是因为脸看起来比较老吗？”

“你的身体看起来很强壮。”

“那是因为我父母的感情非常好。”

“啊？夫妻感情好，小孩子看起来就会比实际年龄大吗？”

“因为夫妻俩非常恩爱地依赖对方，所以我得独立一点。”

“哦。”礼子露出一种无法理解的表情，看着亮次的床。

阿馨很想问礼子有没有丈夫，因为他感觉不到亮次身边有父亲的存在，就算有，父子关系也非常淡薄。他们夫妻究竟是离婚还是死别？还是亮次一开始就没有父亲？

“这个孩子可能永远也无法独立了。”礼子仍然将视线投在空无一人的床上。阿馨保持着倾听的姿势，耐心等待礼子说下去。

“他得了癌症……”

“哦。”果然如我所料。阿馨想。

“这是两年前的事了，亮次的爸爸去世的时候，他一点也不感到悲伤。”

那孩子大概是不想让人看到他的眼泪吧。阿馨一想到秀幸有可能会死，就无法控制情绪，心中立刻涌上一股悲伤。一旦真的面临父亲的死亡，他没有能克制悲痛的自信。

“阿馨，有件事不知能不能拜托你……”礼子说到一半就停了下来，露出渴求的眼光看着阿馨，“能否请你教亮次念书？”

“当他的家庭教师吗？”

“是的。”

教小孩念书是阿馨最拿手的工作，他还有充裕的时间再教一两个。但是，他怀疑亮次是否有请家庭教师的必要，刚才的谈话显示出亮次的学习能力远远超过同年级学生。不光是这样，日后一旦癌细胞转移到肺或脑部，就算请家庭教师来教他念书，也是白费功夫。礼子应该知道亮次已经无法回到学校念书，才聘请家庭教师吧？她想让亮次充满信心与希望，不轻易放弃生命。

"如果每周两个小时左右，我还可以应付。"

礼子激动地靠近阿馨，将手放在他的手心上。"谢谢你。学校里的功课教不教都无所谓，当他的谈话对象就好了，那个孩子一定会很高兴。"

"我知道了。"由这话听来，亮次可能没有一个朋友，这和阿馨相同，阿馨格外能体会这种感受。他一直不能融入学校的教学体制中，但是一点也不觉得孤独，因为他和双亲建立了非常亲密的关系。秀幸是个很特别的父亲，也是个谈话的好对象。

礼子对阿馨的这个要求，意味着要他代替亮次的父亲，行使"父亲"的角色，阿馨自信能完成任务。转念一想，难道礼子也希望他代替"丈夫"这个角色吗？他脑中的幻想又开始运转。他和礼子约好下次来访的时间，便匆忙离开病房。

4

阿馨和亮次除了念书，还花了很多时间在闲聊上，内容大都以一般的科学为主题，这不由得让他回忆起小时候和秀幸辩论的一些片段。阿馨曾经期望将超常现象等非科学领域的内容和科学联系在一起，借此说明宇宙的结构，可是每当他下苦心去钻研时，总会在某个环节中发现无法解释的现象，而且都适逢秀幸发病，因此才转往医学这条道路。如今，阿馨眼前这个男孩也想解开世界构造之谜，向他询问各种有关遗传因子的问题。

亮次坐在床上，空虚的眼神投向前方，脸上挂着一抹苍白而无奈的笑容，仿佛是知道生命即将进入尾声的人正在嘲笑这个世界。或许他已经习惯用这种方式看待自己的病情，但是这种表情挂在一个小男孩的脸上，实在令人伤感。但只要和他进行激烈的争辩，把他驳倒，他这种表情就消失了。

“你对进化论有什么感想？”阿馨谈到了进化论的话题。

“没什么感想。”亮次有些坐立不安，他吊起眼睛瞪着阿馨。

“那我问你，首先，进化的目的是偶然的还是预定好的？”

“阿馨，你认为呢？”亮次有一个很不好的习惯：他说出自己的意见之前，总喜欢先试探对方的心意。

“我认为进化有某种程度的选择，它有方向。”阿馨无法完全认同正统派的达尔文进化论，即使身为一位自然科学家，他也不能抛弃目的论的说法。

“定向进化学说吧，其实我也有同样的想法。”谈话一旦按照亮次的思路进行，他便会将身子转向阿馨的方向。

“要不要按照产生的顺序来逐一探讨？”

“产生的顺序？”亮次发出尖锐的叫声。

“如何抓住生命‘产生’的瞬间，是很重要的。”

“是那样吗？”亮次皱紧眉头，似乎希望快点结束这个问题。阿馨无法理解亮次的态度，他觉得“生命如何诞生”这一类问题很有趣。地球上的生命是如何诞生的，又为何能得到进化，这些疑问都紧密相连，阿馨和秀幸曾经以此为主题一路讨论过来。

“你讲下去吧，虽然我不知道生命最初诞生时是什么构造……”

阿馨讲到一个段落，亮次又催着他继续往下讲。

“我想，最初的生命就像种子一样，种子会发芽成长，人类也会发育成熟，就像生命树一样，上一代和下一代之间可以输入遗传信息。”

“但是，有时也有‘没有把握’的疑虑。”

“嗯，只要一粒小小的种子就能长成大树。从树干的粗细、叶子的颜色到果实的种类，这些遗传信息都包含在最初的种子之中。当然，大树也会受到大自然的影响，没有光照就会枯萎，养分太少树干会变细，有时候打雷还会劈裂树干，强风也会让树枝折断。但不论受到外界什么影响，其本质都是不变的，下雨下雪也不可能让银杏树长出苹果来。”

阿馨停下来休息一会儿，又继续说道：“海中的生物会爬到陆地上来、长颈鹿的脖子会变得更长，这都是因为最初就写好了生长的程序。”

“嗯，没错。”

“但是生命在成长之前，应该有某种意志驱使它做这些。”

“是谁的意志？是神吗？”亮次很天真地问道。

阿馨说的并不是神的意志，而是指在生命产生之前或进化阶段那种无形的神秘力量。他的脑海中突然浮现出一群鱼向陆地游去的情景，鱼群将海洋染成一片黑色，在水面上跳跃着，想往陆地冲去，最后有一大半死在半途，眼中还流露出迷惘的神色。实际上，海里的生物并不是自己想往陆地而去，而是在重复的造山运动下，海水变少了，鱼类才在干涸的水边适应了陆地的生活，这是正统派进化论者所持的说法。但无论如何，阿馨仍旧无法相信其中一部分鱼可以适应陆地的生活。环境起了变化，为了适应环境，鱼的内脏器官也跟着改变，将呼吸的器官从鳃改成肺。如果在内脏器官变换中发生错误，那该怎么办？

阿馨注视着亮次光光的头，想象在这个瘦小的身体内部，和秀幸一样，正在上演一场激烈的细胞攻防战。秀幸已经失去了大部分的胃、一部分大肠和肝脏，往后癌细胞不知又将附在哪一个部位。

忽然有个灵感涌上阿馨的心头。癌细胞会使正常的器官变色、变形、增加一些突起的疣状物，使器官的运作不正常，导致个体坏死。仔细一想，癌细胞的活动仿佛人类用手去试探各个器官，病毒随着血液和淋巴腺去戳刺各器官的细胞，并且重复做这些实验，这到底是为了什么？是为了要适应新的身体，创造出新器官吗？“转移性人类癌病毒”四处活动，是在进行在体内创造新器官的实验吗？

这种过程令水边的鱼类几乎濒临灭亡，大多数人也都会死亡。然而，如果海洋生物可以在一亿年之后登陆成功，那么，经由无数人的牺牲，人类或许也可以获得新的内脏。届时人类将会获得进化，而且是像鱼类从海上跃到陆地一样的跃进，只是不知要等到何时。近来，因为癌症死亡的人数增加不少，卫生机关还不能确知癌细胞究竟何时开始活动，也不知道这种进化的实验对象是否专门指向人类，更不知道这种“进化”的时间长短。如今，只有尽力缩短“进化”所需的时间，才能减少为此牺牲的人数。而从鱼类进化到两栖类，以及人猿进化到人需要的时间来看，后者所需的时间比较短，因此进化所需的时间可能是依次缩短。

阿馨希望秀幸不会成为癌症的牺牲者，而成为完成进化的先驱。谁都想拥有再生的机会，并因此拥有永恒的生命。从“转移性人类癌病毒”的特征来看，它很有可能制造出永生不死的细胞，连亮次都有存活的机会。阿馨决定不对亮次说明这种可能性，这类随便臆测病情变化的说法，会影响病人对生命的执着。

这时，阿馨听到后面传来平稳的呼吸声，转头一看，礼子正趴在桌子上睡觉。阿馨和亮次对望一眼，笑了出来。

现在才晚上八点，时间还很早，窗外映出初夏的大都会夜景，传来川流不息的车声。阿馨和亮次静静盯着礼子，冷不防地，礼子的胳膊肘忽然动了一下，桌下的脚将一只空罐子踢到了床底下，但她依然没有醒过来。

阿馨开始收拾东西，准备离开。“你妈妈睡着了，我也该走了。”

“你不是还没说完吗？”亮次意犹未尽，一脸不服气的表情。

“下次再继续吧。”阿馨站起来环视一下室内，礼子把脸靠在交叠的手背上，脸朝着阿馨这个方向。她嘴巴半开，口水流在了手背上，让阿馨觉得很可爱。

他头一次用“可爱”这两个字来形容超过十岁的女性。瞬间，全身的爱意都沸腾起来，他心中升起一股触摸礼子身体的欲望。

亮次从床上伸出手来摇晃礼子的肩膀，叫唤着：“妈妈、妈妈……不行，她睡得很熟。”他看了看阿馨，又将视线转向旁边的床，淡淡地说：“妈妈一直很辛苦地照顾我，今天晚上还要起来，能睡的时候就让她多睡一会儿。”阿馨凭直觉认为，亮次是在说：“不要吵醒妈妈，将她轻轻抱起来放在旁边这张床上。”以阿馨的体力来说，搬动一个女人不是什么难事，可是，他害怕一接触到礼子的肌肤，欲望就变得很难控制，不由得迟疑起来。

“妈妈睡成这样，让我怎么搬得动！”亮次故意把脸朝向阿馨，好像看出阿馨对礼子极有好感，在试探他的反应。

阿馨默默地把旁边那张床整理好，他不想让亮次看扁了，也想试试身体上的碰触，会不会给自己在精神上造成强烈的影响。

阿馨把双手伸到礼子的脖子和膝盖下方，一口气将她抱起来放到床上。礼子的嘴唇不经意地碰到他的脖子，还无意识地用力抱紧阿馨。她缓缓睁开眼睛，一看到是阿馨，又安心地慢慢放松，再次进入梦乡。阿馨怕将礼子吵醒，动作格外地轻柔。他贴近礼子的身体，将脸靠在她胸部和腹部中间，感受到她衣服下的柔软身躯，他不由自主地颤抖起来。把礼子放在床上后，阿馨脖子上的感觉依然没有消失，他慢慢挺起身子，不断地询问自己：是不是喜欢上了礼子？

“我下星期再来。”阿馨胸中的激动尚未平静下来，他轻轻打开房门，回头看着亮次。亮次盘着腿坐在床上，上下摇动着膝盖，让关节发出嘎巴嘎巴的声响，他脸上原有的戏谑全都消失了，呈现出冷冰冰的表情。“晚安。”

阿馨悄悄地走出房间，他知道亮次脸上冷淡的笑容会随着门关上而消失，与这对母子的相遇并非偶然，在未来的人生里，自己的命运也许会和他们纠缠在一起。

5

对阿馨来说，去拜访病理学研究室的齐木助教授是一种乐趣。齐木和秀幸在大学是同级的学生，一向和二见家走得很近。他不是阿馨的指导老师，但是阿馨现在时常去找他讨论秀幸病情的变化。阿馨定期去拜访齐木的研究室，其实只有一个目的：齐木在培养秀幸的癌细胞取样，他想看看癌细胞在显微镜底下的样子。想防止敌人的攻击，必须知道对方的底细才行。

阿馨一走出癌症大楼，立刻前往病理学、法医学、微生物学等基础研究室所在的旧大楼。二楼是法医学研究室，三楼才是目的地——病理学研究室。他走上楼梯往左转，眼前出现一条走廊，左右都是格局狭小的研究室。阿馨毫不犹豫地走到齐木的研究室前敲了敲门。

“请进。”

阿馨从门缝探头往里看。

“哦，你来了。”齐木一如往常地欢迎他。

“打扰你了吗？”

“你也看到我很忙，要做什么就自己来吧。”齐木正忙着检查今天下午刚切除的患部组织细胞，没时间注意阿馨。阿馨反而可以自由自在地观察。

“那就不客气了，我自己来处理。”阿馨打开大型保温箱，开始寻找秀幸的细胞取样。保温箱的内部保持恒温，二氧化碳也保持一定数值，不能长时间打开。培养秀幸癌细胞的塑料器皿一直放在相同的位置，他马上就找到了。

阿馨每次一想到这里存有永远的生命，就觉得很不可思议。秀幸的一部分肝脏在三年前被切除下来，浸在装着福尔马林液的密封罐子中，肝脏组织从原本的粉红色渐渐转成白色粉状，放在另一个柜子里。阿馨手上的培养皿内是秀幸的癌细胞，被放在血清浓度百分之一以下的环境中增殖。正常的细胞会在血清中的生长因子使用完毕时停止增殖，即使重新给予大量的生长因子，也只会在器皿中互相重叠，无法增殖，这种性质被称为“接触抑制”。相对地，癌细胞不仅没有“接触抑制”，对血清的依存度也非常低。简单地说，癌细胞几乎不用摄取食物，不论在怎样狭窄的环境中都可以互相重叠，并且增殖。

这个培养皿内，目前正常细胞只增加了一层，癌细胞却重叠了好几层，而且仍在增加。也就是说，正常细胞拥有固定的分裂次数，只能规律地平面增殖，而癌细胞具有不死的特性，可以毫无节制地持续分裂。从远古时代起，人类追求的永生不死，竟然是日后导致人类死亡的元凶，这种讽刺性让阿馨感到苦涩。

在观察过程中，秀幸的癌细胞像是要证明它立体的生命感一般，像球似的浮了起来，形状也跟着变化。原本正常的细胞如今却变成独立的生命体，在宿主的生命濒临死亡之际持续着永恒的生命。

阿馨将培养皿放在相差显微镜上，将倍率调到两百倍。显微镜下的癌细胞现出令人生惧的形状。他将倍率慢慢调高，可以看到癌细胞聚集成块，在一堆密密麻麻的浅绿色下，伸出摇摇晃晃的半透明尾巴。其实细胞本来并不是绿色的，是显微镜上套了绿色玻璃片的缘故。正常细胞的哪一部分都不会突起，都是平面的，整体看起来井然有序。这些癌细胞则现出一团一团的浓绿，有无数的圆点状突起，还放射出闪亮的光芒，看样子正在进行细胞分裂。

阿馨不停地交换培养皿，比较正常细胞和癌细胞的不同，这种光学显微镜只能看到癌细胞奇怪的外形，细胞核和 DNA 的真正底细则无法得知。他很认真地一个个观看癌细胞的外形，发现不论哪个癌细胞都具有相同的“表情”，整个培养皿中好像有无数相同的表情并排在一起。是相同的脸？

阿馨诧异地抬起头，隐隐有种直觉。这些细胞壁很像人类的脸，有无数张脸聚集在一起，成为一坨一坨的块状，形成一种斑纹。

阿馨天生具有神奇的第六感，父亲秀幸更是教导他要重视直觉，因为直觉中或许隐藏了解谜的线索。他常常正在读书或走在街上时，大脑中突然浮现出其他画面，譬如在马路边看到某位歌星的海报，脑子里就会出现某个人的面孔，诸如此类的情形非常多。但是如果没有看到海报，也不会依循脉络在脑中浮现那些图像，这是一种“同步行为”。

现在这些癌细胞看起来像是人的脸，究竟有何意义？阿馨找不到答案，再次看向相差显微镜，镜头下依然是立体重叠的细长癌细胞，上面还有发亮的球状粒子。他不禁喃喃自语：“这应该是我的想象力引发出来的……啊，果然是，不管哪一个，看起来都是相同的脸。”

很明显，这不是一张男人的脸，而是一个皮肤光滑柔顺的鹅蛋脸的女孩。阿馨感到非常不可思议。

6

阿馨在病房里和亮次面对面坐着，因为浴室里发出的声音而有些脸红。礼子一直待在浴室里，她不是在洗澡，而是在洗内衣。阿馨教亮次做功课之前，瞥见礼子慌忙取下了挂在房间里的内衣。

阿馨心不在焉地和亮次一问一答，随口告诉亮次秀幸的病情。亮次表现出急于深究的模样，他希望把秀幸的病症作为自己未来病况的参考。阿馨并没有对亮次说秀幸得的癌症是转移性癌病毒引起的，他担心这种负面的言辞对亮次造成不良的影响，打击他的信心。

“阿馨，拜托你了。”

秀幸肺脏的病况变得十分严重时，他偶尔现出过软弱的一面，对阿馨再三交代，一旦自己去世，真知子就要拜托儿子照顾了。阿馨感到非常生气，很想大声斥责父亲，叫他不要再说下去了。

对着躺在床上的亮次诉说秀幸的症状时，阿馨脑海中清楚地浮现出秀幸的身影，他不由自主地紧闭双唇，沉默下来。亮次察觉到阿馨心情沉重，故意哈哈大笑着说：“这么说来，我曾经和你爸爸说过话。”

虽然他们是症状相同的病人，但要在这么大的医院里相遇，依然需要机缘。

“真的吗？”

“他住在7B号病房，是位个子很高的叔叔。”

“嗯，没错。”

“他是个很坚强的人，常常偷摸护士的屁股，脸上经常带着笑容。”

亮次说的人的确是秀幸。没错，秀幸充满活力地和病毒战斗的姿态在患者间广为流传，带给许多癌症病人一线希望，纷纷决定要在所剩无多的生命中投下最后的赌注。但秀幸虽然在别人面前怀有十足的信心和勇气，一来到阿馨面前，就现出柔弱的一面。

“阿馨，你的母亲怎么办？”亮次只是随口问问，并不是真的担心。

此时，礼子从浴室里出来，整理好散在床上的衣物，又走进浴室。阿馨沉默地盯着她的背影，暗自猜想礼子不想待在这里的原因，或许是因为他们谈到了真知子的事。

“由于癌细胞会随着淋巴腺移动，因此病人家属很可能因为亲密接触而感染‘转移性人类癌病毒’。”

主治医生告诉阿馨这件事的时候，他开始担心真知子的身体状况。尽管秀幸和真知子的性生活已随着秀幸病情加剧而告终止，但在这之前仍有几次，所以真知子被感染的几率很大。最近，她终于听从阿馨的劝告，接受血液检查，结果竟然是阳性，虽然还没有发病，但是“转移性人类癌病毒”已经附在真知子细胞的DNA内了。也就是说，还原病毒的碱基排列已经在真知子的染色体中组合完毕，至于正常细胞何时开始癌变，无法预知。

“即使发病，我也决不动手术。”检验结果出来后，真知子公开宣布。她明白，动手术也无法避免癌细胞转移的命运，只是延迟病毒侵袭的速度，无法根治。真知子看到秀幸生病的模样，不禁对“自己的身体任人宰割”一事感到强烈的厌恶。

最麻烦的是，每当人们在现代医学上遇到困难，便将所有的希望寄托在“奇迹”上。此后，真知子就沉迷在神秘主义和宗教的世界中，她想救的不是自己，而是渐渐走向生命末期的丈夫。

真知子凭着即使把灵魂卖给恶魔也在所不惜的热情，查了许多印第安文献资料，她的桌上堆满了不知从哪里寄来的原文书籍，时常喃喃自语：“在民间的传说中，一定有治疗癌症的方法。”

这时，浴室里似乎故意发出水流声，亮次稍稍瞄了一下浴室，阿馨忽然压低声音开口说道：“我妈妈也被感染了。”

“是吗？那你也……”

阿馨慢慢摇着头。他在两个月前曾接受过检查，结果是阴性。亮次立即发出一种嘲讽而悲哀的笑声，阿馨不禁有些厌恶地瞪着亮次，问：“有什么好奇怪的？”

“我觉得好可怜。”

“我吗？”阿馨指着自己的脸，亮次点了点头，说：“不是吗？阿馨，你一定这样想：‘我体格好，又很健康，一定会长寿。’”

阿馨受到秀幸的影响，从十六岁起开始玩摩托车，脱离彻夜玩电脑游戏的青涩时代，逐渐长成了健壮的体魄。然而，亮次正在嘲笑肌肉紧绷的他。阿馨不禁用严肃的语气反驳：“外界的生活并不是你想象的那么可怜。”

阿馨很了解亮次的心情。他只是个十二岁的小孩，感染了“转移性人类癌病毒”后，在反复的住院与出院，以及手术与抗癌药剂的化疗中度过童年，难免会从自身的处境揣度他人的处境，猜想每个人都和他一样。

“人类最终还不是一样要死。”亮次用空虚的眼神望着天花板，阿馨顿时失去了辩驳的心情。

抗癌剂化疗产生的痛苦，不是普通人能了解的，病人会不时被强烈的呕吐感侵袭，非但没有食欲，连吃下去的食物也会不久就吐出来，甚至无法好好睡一觉。面对这样的人生，阿馨不知该用什么话来鼓励亮次。他突然感到异常疲惫，这并不是肉体上的疲倦，而是打心底涌起的悲哀。他渴望能自由自在地飞翔，能痛痛快快地从心里笑出来，希望和另一具温暖的肉体亲密接触。

“他们最初并不想生下我，不是吗？”亮次对着一言不发的阿馨说。这时礼子刚好从浴室出来，打断了这个话题。她的表情没有丝毫改变，径自穿过房间往走廊走去。阿馨不知道礼子是无法忍受亮次这种含有责备意味的话才离开，还是有事外出。

从刚才起，阿馨就一直注意着礼子的动静，心中浮现出两个疑问：礼子是否已感染“转移性人类癌病毒”？亮次又是从什么途径中感染了癌病毒？不过，这关系到别人的隐私，不能冒昧地去问。

“那么，我先走了。”阿馨不想再待在亮次身边，想去看看礼子的情况。他无法判断自己对礼子的兴趣是出于爱还是其他感情。

阿馨打开通往走廊的门，从狭窄的病房走向外面的世界，消失在长长的走廊里。

7

阿馨有种感觉，礼子正在一个安静的地方，也就是这个医院的最高处，出神地眺望大都会的全景。

几天前的傍晚，礼子站在病房大楼最上层的餐厅旁，脸贴在玻璃窗上往下看。阿馨问她：“你在做什么？”

礼子笑着说，初夏的白天是一年之中最长的，当夕阳即将西下，余晖中，城市中的摩天大楼在街道上拖出长长的黑影时，是这个城市最美的时刻，她最喜欢在这个时间眺望窗外的景色。

电梯在十七楼停下，阿馨走出走廊，看到一个女人靠在柱子边站着。他静静地走近。

礼子在夕阳的余晖中，脸上呈现出醺然的红色，夕阳多变的光芒映在她白皙的皮肤上，闪耀着艳丽的光彩。阿馨刚走到她旁边，礼子便看到了他映在玻璃窗上的影子，马上对着玻璃露出淡淡的微笑。

“对不起。”

阿馨不知她为什么道歉，这是对一个费心教导自己儿子的家庭教师说的话吗？如果是，应该是说“谢谢”，而不是“对不起”。

“你好像特别喜欢高的地方。”阿馨没有追问她的理由。

“嗯，可能是在地面生活的缘故。”

阿馨猜想，礼子和亮次的家应该是平房住宅，这和他居住的环境正好相反。他现在依然和母亲住在面对东京湾的高楼大厦里。

礼子好像刻意要打破沉默，她神采飞扬地说着未来的梦想：当医生治好亮次的病时，她要做些什么事，其中有个梦想是去海外旅行。

“那你有什么梦想？”

这个话题被撩起，阿馨毫不犹豫地说出十年前就计划好的到北美沙漠去旅行的事。他将家人在十年前那个深夜里的谈话告诉礼子，其中包括地球重力和生命的关系。当时，秀幸承诺要到北美沙漠旅行，小阿馨感到非常高兴。后来秀幸患了癌症，阿馨更详细地调查长寿村的事情，发现长寿村与癌症患者似乎有某种关系。

礼子颇感兴趣地询问：“什么关系？”

阿馨兴致勃勃地解释：“我还不是很清楚，可是在统计上出现了不能忽视的数据。那个晚上，我凭直觉感到重力异常点和长寿村的重合并不是偶然的。科学上的发现几乎都依靠直觉，必须先有直觉，理论才跟着来，那个晚上的事情可能是某种暗示。

“爸爸的癌细胞转移至肝脏时，我开始对世界各地的长寿村作详细调查。选择世界各地公认的长寿村，然后寻找各种资料加以分析，找出它们的共同点。

“我挑选出四个特别有名的长寿村，黑海沿岸高加索地区的阿部卡西亚，秘鲁及厄瓜多尔国境附近的圣谷的比鲁卡邦拜，住在喀喇昆仑山和兴都库什山中与世隔绝的罕萨部族，以及日本鲛岛诸岛的佐鸣岛居民。

“我不可能一一去探访这些地方，因此收集完相关资料，马上浏览一遍，然后做了个小统计，发现了一个很明显的特征：虽然下断言还太早，不过居住在这些地区的人，没有人是因为癌症而死亡的。

“有许多医学家和生物学家亲自到长寿村调查，留下很多报告，可是没有一份记载过长寿村村民因癌症而死亡。在每份报告中，不约而同都以饮食习惯不同作为解释。不过，在完全解开癌症的发生之谜以前，一切都是推测。这些地区的居民以蔬菜和谷物为主食，过着朴素的生活，但是香烟和酒这类物品的消费量却比其他地方高，因此不能说这些地区居民摄取致癌物质的量比其他地方少。

“不可思议，长寿村里为什么找不到几个癌症患者？癌细胞是否拥有使正常细胞不死的作用？两者之间到底有什么关系？而且，长寿村的位置和重力负值地区刚好重叠在一起，这又如何解释才好呢？”

阿馨停顿了一下，缓和高亢的情绪。礼子沉默了许久，她看着阿馨的脸，舐了舐嘴唇后开口：“那‘转移性人类癌病毒’是从哪儿来的？”

“你为什么问这个？”

礼子眼睛睁得老大，她认真的表情让阿馨感到非常可爱。虽然他们相差十多岁，但阿馨真想用双手轻轻捧住她的脸。

“我说了你可别笑，事实上，我认为‘转移性人类癌病毒’的发源地，就是你说的长寿村。”

阿馨可以理解礼子的意思，他以前读过那一类小说，书中提到人类被癌细胞侵袭，却没有死去，反而让生命延长。礼子便是照此推理出这种假设，长寿村并不是没有癌症病毒，相反，那儿充满了癌症病毒，所以他们享有高寿。

“你想说，长寿村居民携带的癌细胞，由于病毒作祟而形成‘转移性人类癌病毒’，然后散布到世界各地吗？”

“我不懂这一类艰深的理论，只是突然想到的，你不要介意。”

礼子的视线移向窗外。几分钟之间，天空转变了好几种颜色，刺眼的光芒照在礼子的脸上，她鼻翼到眼尾附近都被阴影笼罩着。

“‘转移性人类癌病毒’患者最多的地方，是日本和美国。”日本和美国各有数百万“转移性人类癌”患者，欧洲国家大约有数十万患者，最奇怪的是，长寿村附近地带几乎没有发病记录。

“照你所说，那北美沙漠地带呢？那个地区的重力负值很高，即使真有长寿村存在，也不奇怪。难道没有任何根据吗？”

“真要说有，恐怕这只是一场单纯的游戏。”

“游戏”这个词让礼子非常震惊，她很不开心地板着脸，对阿馨不理不睬。

“你到底怎么了？”阿馨有些迷惑。

“现在只能等待奇迹出现。”礼子背对着阿馨说。他不禁感到厌烦：礼子也快要落入和真知子相同的心牢之中了。

“你千万不要这样想。”

“我偏要。”

“你有你应该做的事。”阿馨希望礼子保持理智，但是礼子没有听进去：“是吗？我现在只想到，长寿村的居民在某一个时期都感染了癌病毒，在癌细胞侵袭内脏之前，因为某种原因，它变成良性，进而和人类共存，并导致正常细胞的分裂次数增加，延长他们的生命。怎么样？”

阿馨头一次看到礼子如此滔滔不绝。

理性的态度并不能改变事情的真伪，但会让人对未来产生信心。不管如何推论，只要带着某种期望去寻找证据，必定能够找到几样。

就目前而言，亮次肯定没有办法得救，阿馨可以理解礼子向神明祈求希望的心情，但无法接受这种异想天开的说辞，也没时间去证实这些毫无科学根据的事。他有些后悔对礼子说出重力异常和长寿村的事。

“对不起，我刚才说的那些事情，希望你忘了。”

“怎么可能忘记！你想去的北美大沙漠，拥有除去癌细胞或者让恶性肿瘤变为良性的秘密啊！”

阿馨举起两只手想安抚礼子，礼子却带着未曾有过的热情逼近他。“你还是去一趟比较好，去寻找这个秘密。”

“等等、等一下……”

礼子的脸近在眼前,她不知什么时候紧紧握住了阿馨的手。“拜托你。”

阿馨感觉手中传来柔柔的触感。

“我已经对这种生活厌烦了，再过不久，亮次就要进行第四次化疗。”

“做那些治疗很辛苦。”

礼子不理会阿馨，仍旧热烈地说下去：“如果可以，我也想一起去那儿看看。”

阿馨长久以来的心愿在这一瞬间起了变化，从家庭旅行转变成了和礼子两人一起前去探访。他光是想到北美沙漠，就开始兴奋。存在于新墨西哥、亚利桑那、犹他、科罗拉多这四州的负值重力，仿佛一个会吞噬一切的大旋涡，深深吸引着阿馨。而在他眼前，这张只涂着薄薄口红的娇美脸庞和散发着自然香气的柔软身躯，让他沉迷得无法自拔。

走廊上的荧光灯慢慢亮起来，粗大的柱子斜斜拖着一条黑暗的长影，将礼子和阿馨两人裹住。前面的窗户变成一面大镜子，映照着走廊上来来往往的人影。不知不觉中,阿馨反握住礼子的手，两人的手指互相缠绕着，用目光确认对方的心意。他们就在这时紧紧抱住对方。十七楼的走廊上，脚步声顿时消失了，这里仿佛变成一座空城。

他们的双手不停地在对方的背上滑动，两人的脉搏都激烈地跳动。阿馨渴望亲吻礼子的嘴唇，他往礼子的脸凑过去，可是礼子没有响应，只是更用力地抚摸他的背，额头紧靠着他的下巴，故意转向旁边，明显地拒绝亲吻。阿馨好几次试着想亲吻礼子，可是礼子都背对着他，他终于明白了个中原因——她也被感染了吗？

“转移性人类癌病毒”可能通过唾液感染，礼子担心传染阿馨，才故意拒绝。阿馨明白了刚才亮次说的“他们最初并不想生下我”，或许亮次在母体里就已经遭到感染。所以，当他说出责难母亲的话时，礼子只能选择静静地离开。

阿馨尽管明白了，热情却一点也没有降低。他轻轻地松开礼子，两手捧着她的双颊，用眼睛告诉礼子，他已经了解事情的真相。他们无言地将唇重叠在一起。这次礼子没有拒绝，她将一只手绕到阿馨的脖子后面，另一只手放在他的臀部。在火热的气氛下，他们的牙齿轻轻触碰，然后将嘴唇献给对方，情不自禁地发出呻吟声。

四片嘴唇终于分开，两人吐出激烈的喘息声。礼子挺直背，靠近阿馨的耳边喘息着说：“拜托你……”

礼子想救的不只是儿子的生命，也包括自己。“我求你……救救我……”

“我不是神。”阿馨费了好大劲儿才迸出这句话。他已经无法正常思考，只知道自己也踏进了死亡的领域。他没有迷惑，仅仅是依照身体的节奏紧紧抱住礼子，更不后悔品尝了禁忌的红唇。

“求求你，你一定要去那个地方。”

阿馨在孩童时代就立下的志愿，由于礼子的推波助澜而更为坚定：一定要去探访北美的沙漠。

8

阿馨正要走进病房时，齐木助教授从病床边的椅子上站起来，轻轻地举起手打招呼。

“嗨！”

“再多聊一会儿嘛。”

“不行，你也知道我很忙。”

阿馨知道齐木不是在说客套话，稍微侧了一下身子。“是吗？”

“是的，刚好有人拜托我办一些事，我只是顺道过来看一下。”齐木把视线转到秀幸身上，举起手说：“那我先走了。”阿馨目送他离开，走到秀幸床边。

“爸爸，你觉得怎么样？”阿馨先看了看秀幸的脸色是好是坏，才在齐木坐过的椅子上坐下来。

“真是令人讨厌。”秀幸望着天花板，不悦地说。

“怎么了？”

“齐木那家伙只会带来坏消息。”

齐木是秀幸医学院的同学，并不是临床医生，不会直接诊查秀幸的症状，阿馨不知道他会带来什么坏消息。“怎么了？”

“你知道中村正人吗？”秀幸的声音有些嘶哑。

“嗯，那是爸爸的朋友吧？”阿馨还记得这个名字，那是秀幸以前进行“环”计划时的同事，现在应该在公立大学的工学院当教授。

“他死了。”秀幸坦率地说道。

“什么？”

“他得了和我相同的病。”原来是与秀幸同龄的同事去世了，他觉得下次可能会轮到自己，受到了不小的刺激。

“你的情况还没有那么糟。”阿馨只能这样鼓励父亲。秀幸躺在床上慢慢地摇摇头，这种毫无意义的鼓励对他起不了作用。

“你听过‘小松崎’这个名字吗？”

“没有。”阿馨头一次听到这个名字。

“他是我的师弟，也是‘环’计划里的研究员。”

“是吗？”阿馨忍不住吞了吞口水，他感到死神正一步一步靠近秀幸。之后，秀幸又连续说出三个人的名字，同样以“去世了”三个字作为结尾。

“喂，你没有觉出什么吗？我提的这些人，都是以前一起从事‘人工生命’研究的同事，或是一起合作过的朋友。”

“他们都是因为感染‘转移性人类癌病毒’而死的吗？”

“嗯，现在日本到底有多少人被感染了？”

阿馨大略估计了一下，如果包括像礼子和真知子那种尚未发病的人，应该有上百万人遭到感染。“有上百万人吗？”

“虽然人数很多，但只不过是总人口的百分之十八，我们身旁应该还有人没被感染。”

秀幸用锐利的眼神看着阿馨。一开始，他的眼神十分灼人，好像要探索儿子的内心世界，之后变得温和起来，还带着些许祈求。

“你没有问题吧？”秀幸从被子下面伸出手，碰了碰阿馨穿着牛仔裤的膝盖。他此时很想和儿子握手，但又怕病毒会借着皮肤的接触传染。他已经将“转移性人类癌病毒”传染给真知子，如果再传染给阿馨，他一定会丧失和癌症奋斗的勇气。

“检查结果没有问题吧？”

“你不用担心。”阿馨似乎被看透心事一般，战战兢兢地回答。两个月前的检查结果呈阴性，下个月的检查结果就不得而知了。

阿馨假装在听走廊传来的脚步声，扭过脸去，脑子里开始浮现昨天下午在亮次病房里的情景，那种鲜活的肉体触感随之袭来，他断断续续地回想起当时的性冲动。在前天傍晚，他和礼子的接触只停留在接吻阶段，但在昨天下午超越了这条界线。那时他要到亮次的病房取忘记带走的病理学教科书，正好亮次被带去放射科检查，房间里只剩下礼子一个人。阿馨轻轻地敲敲房门，从门缝中看到礼子手里拿着毛巾，正在洗手台边卸妆、洗脸。她挥着毛巾，大声叫道：

“你来拿忘记带走的东西吧？”

“真抱歉。”阿馨发现亮次好像不在房间里。

“请进。”礼子拉着阿馨走进房间，顺手关上门。他们俩站在洗手台前，礼子继续拿着毛巾擦脸，让阿馨毫无保留地看到她那张素净的脸，眼尾明显刻有几条鱼尾纹，他反而觉得更有魅力。他用下巴指着里面的床，询问亮次为何不在。

“他刚被护士带走。”

“做检查吗？”

“是啊，做血管扫描检查……”礼子的发音有些笨拙。血管扫描检查是将显影剂注射到血管里，至少需要两个多小时，因此这间病房里只剩下他们两人。

礼子对亮次必须接受化疗感到非常无奈。化疗时，化学药物不仅会攻击癌细胞，连正常细胞也会受到伤害。礼子每次看到亮次做完化疗后的无力、食欲不振、呕吐等痛苦情形，比谁都要难过。即使忍受这些折磨，癌细胞也不会尽数消灭，只能稍微控制它的增殖速度罢了，亮次最终仍然无法避免癌细胞转移的命运。

阿馨不知道该对这个无助的母亲说些什么，太俗套的安慰反而会让礼子更消沉。礼子握住阿馨的双手，盯着他问道："只要等待，奇迹就会来临吗？"

"我不知道。"

"我受不了这种生活了。"

"我也一样。"

"拜托你想想办法，救救我和那孩子，你可以办到的。"

怎么可能！阿馨在心里呼喊，但他不敢说出口。

礼子前额的头发有几根被水打湿，粘在额头上，湿润的眼睛流露出哀怨的神情。她抿着嘴，一副快要哭出来的模样，真是让阿馨爱怜不已，就算为她赴汤蹈火也在所不辞。

洗脸台上的水龙头没有关紧，细细的水流声在狭窄的病房中轻轻响着，反而催动着情欲，刺激着阿馨的欲望与冲动。礼子想放开阿馨的手去关紧水龙头，阿馨反而把她的手握得更紧，贴近她的身体。她最初采取反抗的姿势，脸上带着复杂的表情。阿馨却毫无顾忌地紧抱着她，转换身体的位置，直接往床上倒下去。

长期以来，礼子陪伴亮次接受残酷的化疗，她的性欲也减退了，这是身为母亲的本能。如今，她面对阿馨强烈的性冲动，欲望也开始重新燃起。阿馨和她不一样，他的理智已经被欲望支配，根本不理会礼子已经感染“转移性人类癌病毒”的事实。于是，两个人的身体结合在了一起……

阿馨沉浸在昨天的回忆里，完全不顾秀幸还在一旁殷切地叮咛：“血液检查是阴性的吗？你还年轻，要格外小心女人……对什么事都要谨慎些，千万不要太大意，不要受一时的诱惑……”秀幸拉拉杂杂说了一大堆，但是阿馨不敢正视他的脸，他为背叛父亲的期望而心虚。

“喂，小子，你有没有听？”

阿馨本来瞪着天花板发呆，但被秀幸的叫声拉回现实。父亲有好一阵子没叫过他“小子”了。

“不用为我担心。”

即使阿馨这样回答，秀幸还是怀疑地看着他。他们俩沉默地对视了好一会儿，又开始说下去，交换一些心得。秀幸伸出手放在阿馨膝盖上，十分自得地说：“你知道吗？你可是我的宝藏哦。”

“我知道。”

“你千万不要认输，要跟它们决斗。要用你那年轻的身体去抵抗、消灭它们。”

礼子请求我“帮忙”，爸爸则要求我去“战斗”，这两者都是别人给我的压力。一旦连我也感染上病毒，有发病危险，那就不是别人的事了，届时我只能挺身而出。阿馨想。

“刚才齐木跟我说了以前很多同事相继生病死去的消息，我才突然想到，好像我周围这种情况特别多。”

“说不定……”阿馨暗自忖度，为什么秀幸身边有许多人得了“转移性人类癌”？

“说不定有某种理由。”

“难道研究员容易得这种病？”

“这是你最在行的。你去做一份日本和美国感染者的分布图，尽可能多收集些资料来统计，例如别的职业的感染者的比例。”

“我试试看。”

“我有预感，我们四周会出现很多患者，而且这并非偶然。”秀幸抬起头望着天花板，伸出左手摸着餐具柜边缘，好像在找什么东西。阿馨看到餐具柜上放着几十张纸，他比秀幸早一步拿起来。“是这个吗？”

第一张纸上印有下列字母。

AATGCTACTACTATTAGTAGAATTGATGCCACCTTTTC
AGCTCGCGCCCCA……

阿馨看了一下，便知道这是遗传因子的碱基排列。“这是齐木教授拿来的吗？”

“嗯。”秀幸边说边拍拍自己的胸口。医生怀疑秀幸体内的癌细胞已经转移到肺部，因此他现在每天接受检查。

在几十张纸里记载了九个遗传因子，分布在数千个到数十万个碱基排列中。阿馨无限感慨地望着字母，这是“转移性人类癌病毒”的碱基排列，是恶魔病毒的遗传设计图。

9

阿馨走出大学附属医院后，决定前去拜访管理“环”计划庞大内存的研究所。“环”这个假想空间的历史，被分散保存在六百二十太拉（TB）容量的全息存储器中，即使经过二十年，仍是珍贵的资料。

到研究所去，搭乘轻轨比地铁更快一些，因此阿馨往车站走去。他一找到位子坐下，便从手提箱里拿出一沓“转移性人类癌病毒”的碱基排列资料，上面标有 ATCG 四种碱基，阿馨怎么看都无法了解其中的意义。手提箱里没有可以打发时间的书，他只好继续盯着手中这份碱基排列资料。

遗传因子是遗传信息中的一个单位，“转移性人类癌病毒”只有九个遗传因子，人类大约具有三十万个遗传因子，由此可以看出它的渺小。通常一个氨基酸都由三个碱基组成，假如三千个“ATCG”这样的碱基排列在一起，就会结合成一千个氨基酸，然后一千个氨基酸“手牵手”合成蛋白质。一个遗传因子有时必须使用数千个或数十万个碱基排列来表示。

阿馨专注地盯着那张纸许久，眼睛不禁有点疲劳，他抬起头欣赏一下窗外的风景，又将注意力拉回纸上。字体很小，在摇晃的电车中看久了很不舒服，还好，每个字母上面都标有号码，很容易找到哪个碱基排列在第几号。

第一号遗传因子……碱基数　3072

第二号遗传因子……碱基数　393216

第三号遗传因子……碱基数　12288

第四号遗传因子……碱基数　786432

第五号遗传因子……碱基数　24576

第六号遗传因子……碱基数　49152

第七号遗传因子……碱基数　196608

第八号遗传因子……碱基数　6144

第九号遗传因子……碱基数　98304

他顺着这些数字看下去，立刻知道构成九个遗传因子的碱基数有多少，每个遗传因子分别可以指定数千个到数十万个碱基数。

这时，阿馨觉得车内的冷气太强，于是从位子上站起来，往车门边挪动。他站在车门边，脑海中不由得浮现出礼子的脸庞，接着又浮现出秀幸憔悴的面孔。

阿馨前往的研究所正是秀幸以前的工作场所。二十五年前，秀幸修完博士课程之后，马上应聘为“环”计划的研究员之一，之后的五年都在进行“人工生命”的研究。

阿馨当时还未出生，不太了解秀幸进行的研究课题。他问过秀幸一些相关情形，但是秀幸总是模糊带过，不太想回答，因此阿馨推测这项研究大概进行得很不顺利。如果研究进行得十分成功，秀幸肯定会兴奋地大发议论，绝不会闭口不谈。因此，他也不再追根究底。

这几年，秀幸也许是上了年纪，加上疾病缠身，脾气变得比较温和。就在刚才，阿馨拿着一沓“转移性人类癌病毒”的碱基排列资料正要走出病房时，秀幸突然叫住他：“喂！小子。”

秀幸拿出二十年前的研究课题，简短地说明它的特性。“我的研究课题就是用电脑来模仿生命的诞生。”

秀幸这一生最大的梦想，就是解释清楚地球上的生命究竟是如何诞生的，这项研究计划最后却被冻结。他是那种绝口不提失败的人，但至今仍然无法理解“环”计划为何失败，甚至遭到冻结。

“‘环界’已经癌变了。”所谓的“癌变”，是指“环界”脱离了原来的模式，只能吸收特定的模式，最后因为缺乏多样性而停滞不前。

阿馨听了秀幸这一番话，还是不了解其中的含义。他渴望了解昔日秀幸进行的“环”计划，因为研究所的同事大都得了“转移性人类癌”，导致死亡。他想确认这是偶发事件，还是有某种关联，因此提出去研究所拜访的心愿，秀幸要他去找一位还存活于世的天野研究员，并且和研究所的人员取得联系。

阿馨被手上这份代表“转移性人类癌病毒”遗传因子的碱基数的资料给深深吸引了，纸上并列着九排数字，每个数字都代表着遗传因子的碱基数。

3072

393216

12288

786432

24576

49152

196608

6144

98304

阿馨对数字一向敏感，如今这项能力向他发出警告：这九列数字似乎具有一个共同点。

他扭头望着窗外的景色，道路两旁矗立着一栋栋高楼大厦，川流不息的车辆从大楼之间的空隙中疾驶而过。电车即将靠站，车速渐渐减慢，眼前出现几栋漆上红黄绿三色的华丽大楼。那是离地三百米高的超高楼群，计划发展成一个商业圈。大楼的名称十分特别，叫“Square”，含有“正方形”的意思，还有一个意思是“平方”。

阿馨大大呼出一口气，把目光重新转回那九列并排的数字上。

“我怎么那么笨！”他发出低低的叫声——这 9 列数字都是 2 的 N 次方乘以 3 倍。

3072	$2^{10} \times 3$
393216	$2^{17} \times 3$
12288	$2^{12} \times 3$
786432	$2^{18} \times 3$
24576	$2^{13} \times 3$
49152	$2^{14} \times 3$
196608	$2^{16} \times 3$
6144	$2^{11} \times 3$
98304	$2^{15} \times 3$

阿馨飞快地在脑中计算着，这 9 列数字，每列数字不是由 4 个就是 6 个数字组成，而且每个都是 2 的 N 次方乘以 3 倍，这种几率有多少——几乎等于零。

为什么这种新型癌病毒的遗传因子，会变成 2 的 N 次方乘以 3 的碱基排列呢？很有可能是偶然或巧合，但也有可能是一种特定情况。

十年前的深夜，阿馨和父亲也讨论过生命诞生的谜团，以及不祥之兆的产生。当时得到的结论是，在这些偶然发生的事情背后，应该有某种力量在“牵引”。

电车里的广播通知乘客已经到达总站，阿馨跳出车门，站在月台上张望四周，按照父亲的说法，从车站走到研究所大约只需要十分钟。阿馨带着犹如亡灵般的神色，在闷热的站台上寻找出去的路。从阴冷的车厢来到站台令人困顿的热气中，急剧的变化让他露出丝丝疲态。

阿馨将手上的纸放进手提箱中，按照秀幸指引的方向往研究所走去。

10

从车站到研究所的这段路程并不远，但是坡道很多，阿馨到达研究所时已经满头大汗。他站在陈旧的大楼前再次核对地址，确定这栋大楼的四楼与五楼就是管理“环”计划所有资料的研究所。他搭电梯到四楼，向前台的女服务员说出“天野”的名字。女服务员马上拿起内线电话跟里面联系：“这里有一位二见馨先生……”

女服务员简短地说完后，指着大厅里的沙发对阿馨说：“请稍等一下。”

阿馨在沙发上坐下来，耐心等候天野。他随意浏览了一下四周的环境，心中升起深深的感慨。

“让你久等了。”冷不防地，一个声音从电梯口传过来。阿馨站起身迎上去，低下头自我介绍：“初次见面，我是二见馨，家父以前承蒙您的照顾。”

“不敢，不敢，我才是受到你父亲的照顾呢。”天野一边说，一边从名片夹里拿出名片给阿馨。名片上写着“医学博士”的头衔，全名是“天野彻”。这是一所研究计算机科技的研究所，因此这个“医学博士”的头衔显得有些奇怪。阿馨转念一想，秀幸也是医学院毕业，于是便收起质疑之心，问：“您专攻什么？”

天野微笑着回答：“微生物学。”他比秀幸晚两年进研究所，算来应该有四十几岁，但是外表看起来只有三十多岁。

“真是抱歉，百忙之中打扰你。”

“不要这么说，请跟我来。”天野带阿馨搭乘电梯上到五楼，他们直接穿过前台，进入一间约有四十平方米大的办公室。办公室四周的墙壁放满了书，桌子上面放着好几台计算机。

天野请阿馨坐下来，接着坐在专用椅子上。

“我想详细了解家父的研究内容。”

“嗯，二见教授的身体状况如何？”天野的言辞不带社交语气，而是真实的关心。阿馨含糊其辞地回答：“应该还好。”

“教授教了我许多东西。”天野带着怀念的表情继续说，“这几年，这地方改变了很多，人也跟着松散下来。”

阿馨注意到刚才一路走来，只看到天野和前台的女服务员，不见其他人，可能是“转移性人类癌”肆虐后造成的残局吧。“我从家父那里听到参与‘环’计划的研究员中，有很多人得了‘转移性人类癌’而死亡。”

“没错。”

“这应该有原因吧？”

“关于这点，大家还不清楚。”

阿馨认为“转移性人类癌”的爆发与盛行并非偶然，只要知道它的缘由，或许就可以发现治疗方法。“您知道最先发病的患者是哪里人吗？”天野身为微生物学博士，应该知道这一类的消息。

“这和原有的癌症很像，不好区分，所以很难统计。最早的‘转移性人类癌病毒’，是在一位美国患者身上发现的。”

阿馨也曾经耳闻“转移性人类癌病毒”的发源地是美国。“是在美国的哪里？”

“是一位住在新墨西哥州阿尔伯克基的计算机技师。”天野说完便皱起眉头，然而在一旁倾听的阿馨却喜出望外。世界上最早发现的“转移性人类癌病毒”，竟是从一名计算机技师的体内发现的，而且使用计算机参与“环”计划的研究员正是罹患“转移性人类癌”的高危人群，由此可以判定“转移性人类癌病毒”的出现并非偶然。

“对了，你是否看过以前的录像带？”天野站起来问道。

“录像带？”

“那是由二见教授他们那一组研究员制作的，目的是让上级和一般民众了解‘环’计划的研究主题和方法，顺利申请研究经费和预算。”

天野走到门外，回过头催促阿馨出去。他带着阿馨绕了环状走廊半圈，走进一间放着沙发和桌子的接待室。这儿正好位于研究所的中央，屋内没有窗户，四面墙上挂了四张镶着框的现代画照片，让人误以为来到了美术馆。这四张照片的长宽都一样，而且镶上同样大小的框，画中的主题找不到任何相近之处，给人一种冷漠生硬的感觉。

阿馨贴近墙壁，看到照片上签着一个外国人的名字，他无声地念着：“C……Eriot……”

“请坐。”天野指着沙发让阿馨坐下来，从对面的柜子里拉出一台三十二英寸的电视机。接着，他又打开另外一个柜子，从中拿出一盘录像带。录像带侧边贴着标签，上面写了一个很大的标题——“环”。

11

这盘录像带一开始便说明“人工生命”的概念，这是为大众制作的录像带，必须遵循简明易懂的原则。天野一边笑，一边对阿馨说：“开始吧。”

电视画面上出现了各式各样的几何图形，闪烁不停，改变形状。

所谓“人工生命”，和实验室内运用生物技术剪接DNA、产生克隆人与人工怪物的无性生殖技术不同。它是用计算机来制作和模仿实际的生命，使虚拟的“人工生命”在屏幕上诞生、消失。它起源于上个世纪末被称为“生命游戏”的计算机游戏。

初期的“生命游戏”玩法，就像在围棋盘上下棋一样。计算机屏幕上显示出二次元平面的棋盘方块，每一格都称为“竞争者”，有“生”与“死”两个状态可以选取，分别用“黑色”和“无色”来表现。所以棋盘的方块上只有代表“生”的黑点。每个竞争者必须和上、下、左、右、右上、右下、左上、左下八个方位的竞争者互相包围。例如某个“生”的竞争者和两三个“生”的竞争者相邻时，这个“生”的竞争者可以继续“残存”至下一代；当这个“生”的竞争者周围没有竞争者，或只有一个及四个以上的竞争者，这个“生”的竞争者会在下一代面临“死亡”。决定“生”的竞争者与“死”的竞争者之后，下一代、下下一代都将依照这个模式进行，竞争者在世代的变迁中重复着“生”与“死”的命运。

每个竞争者如果与两三个竞争者相邻，则会因为互相帮助而继续“残存”；相反，当竞争者周围没有或有一个及四个以上的竞争者时，则分别因为太过寂寞和人口过于密集而步入“死亡”。

棋盘上无数“生”的竞争者都以黑点显示，由于世代的交替呈现黑白交杂的图样。这种“生命游戏”在时间的推移下持续不断进行，研究员们嗅到计算机内似乎有生物存在的气息。他们发现“生命游戏”中“生”的竞争者有自我复制的能力，这个发现或许能解答地球上的生命进化谜题。一时之间，许多不同领域的专业人士纷纷投入这项研究，交流意见与心得。医学院出身的秀幸就这样被网罗为“人工生命”的研究员。或许天野也是出于相似的原因进入研究所的。“环计划”消除了各个研究领域的隔阂，实现学科之间的交流，达到了当时的科学水平无法实现的高度。

天野把录像带快进到某个地方，按下了“PLAY”键。“从这里开始，就进入‘环’的研究主题。”

电视屏幕上出现了秀幸的脸，那时他结婚不久，看起来很年轻，全身充满了热情与自信，隔着衣服也可以看出肌肉的线条，这是阿馨第一次看到自己出生之前父亲的样子。看到这些没有预想到的画面，他的决心不自觉地动摇了。

紧接着，画面跳到美国广阔的沙漠地带，滚滚黄沙下竟然别有洞天。这张航拍照片是直径超过五十公里的超导超级对撞机的外观，接下来是内部的情形：一个环状的巨大空间内并排着六十四万台巨型计算机。突然间，画面跳到大楼林立的东京，摄影机深入久未使用的地铁隧道，里面像座迷宫一样。在这里，也同样并排着六十四万台巨型计算机。“环”计划背后的强力支持者，正是日美两地的一百二十八万台巨型计算机群。

秀幸的脸再一次出现在画面上，他先示范操纵“环”的硬件设备，然后开始解说。他指着屏幕，讲述某个生物细胞的复制过程，并在旁边标上记号，接着绘出人工细胞的形成图。经过一段时间的变化，生物细胞和人工细胞的形状几乎完全相同。

秀幸解说的内容，虽然在二十年前是很进步的研究，但对现在的阿馨来说却容易理解：由日美双方共同合作的“环”计划，主旨是在计算机的假想空间内创造生命。将DNA上的遗传信息传递给下一代的过程中，把突变、寄生、免疫等特例也包括在内，模仿地球上的生命进化，通过计算机创造另一个生物界。简单地说，就是创造一个与现实世界一模一样的世界。

天野这时按下暂停键，问道：“到这个地方为止，你有没有什么问题？”

“这个嘛……这项研究，实际上对哪个领域最有用？”其实阿馨真正想问的是，研究经费究竟从何处来？这项研究成果，未来可以应用到哪一个领域？

“光是追求眼前的事，对将来的发展没有任何帮助。现在我们已经将基础打好，未来会有什么发展就不得而知了，唯一能确定的是，未来可以将这项研究成果应用到无数个领域里。从医学开始，然后是生物学、物理学、气象学……不仅是自然科学方面，甚至连股市的动向、人口增加等社会科学方面也会应用到。”天野笑了笑。

实际上，“环”计划的研究成果给每个层面都带来很大的利益，它打破了地球生态系统的平衡，重新发展出一套理论，尤其在个体如何产生和脑部意识的控制这两个方面有划时代的意义，更可以弄清几种疑难杂症的治疗方法，在医学上有非常大的贡献。

录像带的后半部分主要说明执行“环”计划的方法，其中应用了非线性特性、L系统、遗传构造等各种理论，程序自动将复杂的进化过程绘成图形来说明。举例来说，一个细胞首次分裂之后，会重复进行分裂作用，然后慢慢成长……计算机上将这些过程详尽地播放出来，而且将其形状与动作模仿得非常真实，仿佛它们真的具有生命一般。

录像带到这里就结束了，阿馨深深体会到它的说服力。

这类以计算机模仿生命的诞生和进化的研究并不稀奇，世界上各个角落都有人在进行研究。可是“环”计划这样具有复杂而缜密的研究过程、融合各种参数的研究程序，可是前所未有的浩大工程。地球上诞生生命以来，进化过程花费了数十亿年，但是在计算机内缩短到十几年，就可以将全世界的进化史完整呈现出来。阿馨对“环”计划今后的研究方向更有兴趣了。

“‘环’计划进展到什么地步了？”阿馨问正在倒带的天野。

“你没有问过二见教授吗？”

“我得到的答案是，‘环界’已经癌变了。”

天野点点头。“大概是这样。”

“我想了解详细经过，可以吗？”

“嗯。我们先去喝杯咖啡吧，我很想知道二见教授最近的情况。”天野带着阿馨走到另一个房间，里面有两排铁桌子和折叠椅，墙壁上挂着世界地图，好像是研究和会议用的房间。一位女服务员马上端来两杯咖啡放在桌上，纸杯里冒出团团热气。天野用两手抱着杯子，举到嘴边。

这个房间的冷气似乎太强了点，阿馨刚才热衷于讨论“环”计划，没有感觉到室内的寒冷，看见天野的动作，他才感觉手臂上起了鸡皮疙瘩。

天野一边喝着咖啡，一边开始述说“环界”的历史。他用讲故事的语气来叙述这个计算机假想世界的历史与仿真过程。阿馨带着愉快的心情，再次重温地球的生命史。

12

“培植了可以自行增殖的 DNA 后，有好长一段时间，‘环界’一直维持着混沌的状态，于是一部分研究员开始不耐烦，担心‘环界’会永远保持这种状态。当然也有人持乐观的看法，相信实际的生命正是以这种方式诞生。原始生命也是花了三十亿年的时间进化的，其间一直保持单细胞的模样，几乎没有什么变化。

“如同他们预测的，‘环界’在某一天开始出现许多复杂的生命，这和现实世界曾在寒武纪出现过生命大爆发一样。为什么会在这个时期突然出现各式各样的生命？我没办法说明原因。

“在这个假想世界中诞生的生物，随着时间的流逝纷纷开始进化。某些生物一直保持着单细胞的形态，直到消亡，例如细菌和病毒。另一种生物则开始进化为更复杂的个体，譬如飞翔在空中的鸟类。至于形体很大又不能移动的生物，它们的形态、外观则和地球上的植物没有两样。

“每一个生命具有相当数量的遗传因子，在每次增殖中，以一定的比率产生误差，然后在自然淘汰的法则下开始进行突变。在这个过程中，出现一种令人惊讶的现象，那就是经由性交来产生下一代。

“自然界里为何会有雌雄两性的区分，如今仍是一个谜。在‘环界’这个假想世界中，简单的生物不经过交配也可以增殖，但是对具有复杂形态的生物来说，同类生物如果没有交配行为，就无法产生新生命。

“由于性别上的差异，雌性生物可以得到多样性的遗传信息，让遗传信息在体内重新组合，并且传送给下一代，因而加快进化的速度。

“以上所说的这些情形我都没有亲眼见过，都是从师长那里听到的。我为这件事而兴奋，计算机中的‘人工生命’真有性交行为的话，不是很有趣吗？

“在地球上，由于寒武纪的一次大爆发，许多生物进化到很复杂的形态，还出现了恐龙这种巨大的动物，可是在极短的时间内就灭亡了。接下来，下一代的生命体承袭了上一代的遗传信息，开始分裂成新的个体，哺乳类就此登场。又过了一段时间，被视为人类祖先的史前人类终于出现了。

“我曾经特别抽出这一部分的资料来看。你能想象吗？这些史前人类起初连动作都和猿猴十分相似，在不断的尝试与错误中，走路的姿势才渐渐变得顺畅，脱离了猿猴粗笨的动作。

“接着出现的人类，不仅有自我意识，而且具有知觉，懂得使用某种信号和同类交流。他们的遗传信息量明显地增加了不少，生存的几率也提高了很多。我们分析了他们使用的信号，发现他们的信息传递工具应该是语言。从这里可以知道，‘环界’内部的生命并不是使用二进法传递讯息，而是和我们一样使用复杂的语言。

“计算机中的‘人工生命’开始创造自己的历史，具有相同理念的人聚集在一起成为集团，然后出现所谓的斗争、政治战略，文化也跟着进步……看到眼前这些活生生的人类历史，我们好像也跟着上了一课。

“随着历史的前进，人类的遗传信息量更为增加，计算机的计算能力渐渐慢下来。地球诞生之后的三十亿年，计算机只花了半年就全部仿真完毕。随着生命的诞生，计算机的仿真速度也跟着慢下来。等到人类进化到和现实世界的人类一样充满智能，其间不过是短短的几百年，计算机却花了两三年才仿真完。

“对于研究所的所有同仁而言，‘环界’这个假想世界是我们创造出来的，但是‘环界’中的高智能生命，就不是身为创造者的我们能控制的了。对他们来说，我们和神没什么两样，他们只要继续待在‘环界’中，就无法了解世界的结构，唯一的解决方法是走出这个世界。

“文明真是太伟大了！他们的街道上闪烁着霓虹灯，充斥着音乐和色彩。各式各样的媒体快速推广新文化，每个人在音乐与文字中充分享受快乐的生活，和我们的生活没有两样。‘环界’里也有莫扎特、达·芬奇这类伟大的艺术家，和求真务实的历史相辅相成，增添了文化的色彩。

“这时，某位研究员忽然看到璀璨的艺术文化中漂浮出一股奇异的颓废气氛，还有研究员看到某种‘环界’即将灭亡的预兆，其他的研究员也不约而同地在这个世界的各个角落发现了奇怪的预兆。果然，没多久，‘环界’开始癌变了……”

天野讲到这里，停顿了一下，无意识地把空咖啡杯举到嘴巴边上。

“所谓的‘癌变’，究竟是什么情形？”

天野把双手一摊。“‘环界’中只剩下了单一的遗传因子，失去了多样性的遗传信息，人类因此走上了灭亡的道路。”

阿馨看向天花板，在脑海中重新整理天野的话。

一群研究员在运行速度极高的巨型计算机内，创造出三次元的假想空间，把这个空间定名为“环界”。“环界”中的空间如宇宙一般广大，生活环境和原始地球相同，土壤、地形、气体都是一致的，所有物理因素都被设定好了。从数学的角度来看，“环界”与现实世界拥有相同的公式和理论，不仅是重力加速度和水的沸点一致，连周围的环境和风景都毫无区别。

在这个空间内同样包含了碳（C）、氢（H）、氦（He）、氮（N）、钠（Na）、氧（O）、镁（Mg）、钙（Ca）、铁（Fe）等一百一十一种元素，构成一切有机物和无机物。例如两个氢原子（H_2）和氧原子（O）结合会成为水分子（H_2O），氢原子（H）与氮原子（N）结合会成为氨（NH_3）……种种规则和地球的形态与环境并无不同。至于两个氢原子和氧原子结合在一起会变成水的规则究竟是谁制定的，知道答案的恐怕只有神了。

“环界”中生物的进化步骤，和现实中生物界的进化情形相同。研究“环界”的一个目的就是通过它的进化路径，我们便可以预测人类的未来。其中的原因大概是“环界”中最初诞生的生命体是RNA。如果说“环界”是模仿现实世界，具备与地球完全一致的物理环境，那么“环界”的进化过程必定与现实世界的进化过程一致。

想到这里，阿馨感到背脊传来一阵寒意。我们可以借由“环界”预测地球今后的情况，以及地球上的生命即将面临什么命运，可最后的结果却是所有的生命都癌变了。这个预测和现在的情况很相似。这到底是怎么回事？

“转移性人类癌病毒”正在肆无忌惮地繁殖和肆虐，它们无雌雄之分，而且永远不死。目前全世界已经有数百万患者，如果“转移性人类癌病毒”因为突变而引发大规模的增殖，患者一定会急剧增加。现实世界竟然和“环界”处于相同的困境中，这是偶然？还是“环”计划果真准确地预测了未来？然而天野似乎还没有将目前“转移性人类癌病毒”肆虐的情形和“环界”的癌变联系在一起。

阿馨勉强隐藏起心中的惊讶，保持冷静继续询问：“‘环界’内的生物为什么会癌变？”

天野十分干脆地回答：“那都是因为‘RING 病毒’的出现。我们完全不了解‘RING 病毒’，它仿佛变魔术一般，突然出现了。”

“只是一个病毒，就对‘环界’造成这么大的影响？”

“是的。既然一只蝴蝶扇动翅膀，就能改变全世界的天气，那这种事并不是不可能发生。”

蝴蝶一个小小的动作就可以影响世界气象的现象，在生物学上称为“蝴蝶效应”。“环界”因为“RING 病毒”的出现，改变了既有的进化路径。奇怪的是，“RING 病毒”为什么会出现呢？

“关于‘RING 病毒’突然出现的原因，有人提出过假设或解释吗？”

“什么样的假设？”

“例如某一个研究员介入程序里，或者是……”

“不，我们的安全设施很健全。”

“是计算机病毒侵入？”

“不是没有可能，这种说法也最多。”天野忽然想到什么，失神地思考着。

“对不起，你能不能和当时的其他研究员取得联系？”

天野听到阿馨的话，无力地牵动嘴角笑笑：“目前只剩下我还活着。”

天野发现自己说错了话，连忙用手捂住嘴巴，因为二见秀幸还没有死亡。阿馨并没有将他的失言放在心上，只是露出苦笑。天野连忙又补充道：“我是在‘环’计划快要结束时才加入的，你如果想了解更多的事，不如去拜访当初策划这项计划的始祖——克里斯多弗·艾略特先生。不过，听说他现在已经隐居了……”

天野别有深意地看着阿馨，然后继续说下去：“‘环’计划研究总部有一个美籍研究员知道他的行踪，不过这是个性情怪僻的人，而且很不合群。”

“你知道他的名字吗？”

“稍等一下。”天野起身走出房间，过了一会儿再出现时，腋下夹着一本档案夹。他一边翻着档案夹，一边喃喃自语：“啊，有了，科内斯·洛斯曼。”

“科内斯·洛斯曼……”阿馨反复念着这个名字。这个人是秀幸的朋友，五年前他趁着来日本发表研究报告的机会，顺道拜访秀幸，并在二见家住了几天，最后和秀幸一家人站在阳台上，以东京湾为背景拍了张纪念照片。阿馨对科内斯·洛斯曼有深刻的印象，他有个尖瘦的下巴，留着山羊胡子，脖子和手上都戴着金色的铃铛锁链。他讨论问题的时候常常浮现出冷笑，分析出来的理论带有浓浓的悲观色彩。

“你曾经从二见教授那里听过他的事情吗？”

“是的，他是家父的朋友。我在五年前见过他一次，对他的山羊胡子印象很深刻，他现在在哪里？”

天野再次翻阅档案夹。“根据这份资料来看，他十年前从剑桥大学调往新墨西哥州的罗斯阿拉墨斯研究所。”

“新墨西哥州”这个地名霎时在阿馨的脑海里浮现，他站起身，凑近墙壁上的世界地图，找到“新墨西哥州罗斯阿拉墨斯”这个地方，用手按着。这正是十年前秀幸计划带着一家人前去旅行的地点。科内斯·洛斯曼是在十年前转往罗斯阿拉墨斯，而“转移性人类癌病毒”的首位牺牲者也出现在新墨西哥州。

阿馨用力闭上双眼，带着祈祷的心情问道：“可以和他取得联系吗？”

天野淡淡地回答：“很困难。”

“为什么？”

“大约在半年前，他留下一句令人起疑的话，就失去联系了。”

“他留下什么话？”

“‘我知道掌握转移性人类癌病毒关键的人物是高山’，这句话是不是很有深意？”

“‘高山’是一个人的名字吗？是谁？”

“简单地说，‘环界’里由于不明病毒产生癌变现象，是以他为轴心展开的。在‘环界’的癌变事件当中，有三个‘人工生命’在里面扮演重要的角色。高山这个名字，意味着‘高高的山丘’，另外还有意思是‘平浅的河川’的浅川，以及带有‘山边村落’意义的山村。”

“‘人工生命’也有名字吗？”

“当然有。”

“科内斯·洛斯曼只说出‘高山’的名字，然后就失踪了？”

“是的。由于‘转移性人类癌病毒’大为流行，他突然失去联系，很可能是受到了感染。”天野轻轻举起双手，低沉地说，“而且他躲在一个名叫温斯洛克的落后小镇进行研究，随时都有可能失去消息。”

“温斯洛克？”

“嗯，他住在新墨西哥州位于沙漠正中央的温斯洛克小镇，那里根本是一座废墟。”

阿馨叹了一口气，指着世界地图上的一点，那是新墨西哥州的温斯洛克小镇。他隐隐感觉科内斯·洛斯曼似乎在那个小镇的研究室里等着他到来。他按着地图不动，转身面对天野。“天野先生，你了解高山或浅川参与癌变事件的来龙去脉吗？”

“不了解。”天野摇摇头，“多数研究员只看到其中一部分，况且内存并不在这里，而是在美国。”

阿馨一听，马上兴致勃勃地问：“我可以看吗？”

“可以，但是需要花一些时间。”

13

阿馨站在阳台上眺望夜空，他已经好久没有这么做了。这是一个炎热的夜晚，没有凉爽的风，只有东京湾的湿气包围着他。从天野那里得知“环”计划的详细内容后，他以往眺望夜空时怀抱的信念和热情彻底瓦解了。小时候，他一直很想了解世界的构造，经常带着满腔热情凝望星星的光辉，想象宇宙的尽头是什么样子。他经常抱头思考这一类问题，思考宇宙之外是个怎样的世界。

阿馨试着把自己当成“环界”的“人工生命”，让想象力自由驰骋。对自己所处的空间有深入了解之后，又该如何重新认识这个宇宙？他甚至想象宇宙是个膨胀的物体。

“环界”的程序开启之前，没有任何东西，虽然有硅芯片构成的小山，但是时间与空间都还不存在。研究员开始执行程序的那一瞬间，“环”里的空间顿时变大，然后随着时间的流逝慢慢扩大。事实上，“环界”这个空间并不存在于日美两国地底下的巨型计算机群中，这与“电影银幕上播放出大自然的奇观，但屏幕本身并不具有大自然这个空间”意义相同。无论计算机内部还是外部，根本找不到“环界”这个空间的存在，研究员们只是在计算机里认识一些生命体，“感觉”到空间的存在。而人类一旦进化到可以掌握宇宙的秘密时，一定会萌生逃离眼前这个世界的意念，于是空间也会跟着膨胀。

阿馨望着漆黑的夜空，觉得眼前的星空似乎慢慢膨胀起来，心中顿时出现一个疑问:或许在现实的宇宙中，也有许多与“环界”相同的假想空间存在。假如这个宇宙也是个假想空间，会不会突然发现有人在窗口观察你的生活起居？这就和人类窥探“环界”的情形一样，只要设定好时间和空间，屏幕上立即出现那个地点、那个时间的三维影像。

阿馨把手放在胸口，顺着胸部和腹部往下移动。难道这具肉体也只是一种“感觉”，实际上并不存在？这并不是凭空捏造出来的，这具拥抱过礼子的肉体，更不是任何人想象与设计出来的假想物……

14

阿馨处在一种低沉的情绪中，反复思考刚刚获知的两个事实。这两个都是坏消息，虽然他早有心理准备，知道这一天迟早会来到，但是仍然忍不住发抖。

刚才，阿馨一直待在亮次的病房里。他趁着亮次去检查身体的空当，将门锁扣上，和礼子沉迷于情欲之中。没想到他一回到秀幸的病房，马上就接到坏消息，或许这是对他刚才的行为的惩罚。

礼子的味道还留在阿馨的鼻子里，他的身上还残留着柔软的肉体的触感，连细胞底层的兴奋感都还没冷却下来。他很后悔带着这种余韵回到秀幸的病房。

这几天，秀幸很明显又瘦了一圈，胸膛只剩下薄薄的骨架。小时候，阿馨觉得秀幸很像一个巨人，胸前突起厚厚的肌肉，即使被他的双拳捶打也一动不动。然而，昔日这副和科学家身份极不相称的强壮身躯，如今却变得如此虚弱、不堪一击。因此，阿馨得知癌细胞转移到秀幸肺部的时候，一点都不惊讶，心中反而涌起一股愤怒的情绪。

“不要站着，坐下吧。”秀幸和蔼地对阿馨说道。阿馨坐下来，感到心中那股愤怒慢慢冷却下来。他茫然地问道：“要动手术吗？”

“不，不要了。”秀幸马上回答。阿馨也希望父亲不要再动手术，切除肺部的癌细胞非但不能延长生命，反而可能缩短生命。他赞成秀幸的决定。

“我的事情没什么关系，另外有件事比较糟糕。”秀幸将话题转到刚才齐木助教授带来的消息上。美国和日本同时对“转移性人类癌病毒”展开研究，经动物实验的结果得知，“转移性人类癌病毒”不仅传染给人类，连人类以外的动物也会遭受感染。目前还不知道这是突变造成的，还是有其他原因。一旦猫、狗或是其他更小的动物感染上“转移性人类癌病毒”，就会变成病毒携带者，它们带着病毒四处走动，将造成一股爆发性的感染风潮。令人觉得讽刺的是，这样一来，现实世界的演变和“环”计划的结尾更加接近了。“环界”的癌变影响了全部的生命形态，除非地球上的全部生命都癌变，否则“转移性人类癌病毒”绝不会停止攻击。

即使我没有从礼子那里感染病毒，以后也必定会从别的途径感染！阿馨企图用这种借口将自己和礼子的交往正当化，他发起呆来，对秀幸的话充耳不闻。

“喂，你在出神吗？”

“对不起。”阿馨赶紧收回心神，将注意力转回秀幸身上。

“你不是和天野见过面了吗？谈得怎么样？”

“嗯，有些地方不是很了解。”

秀幸点点头，喃喃自语：“我想也是。”

“爸爸，我觉得‘环’的结尾和现在的情况很相似。”

“‘环’计划在三十七年前就开始了，十七年后我才加入，过了五年，那个程序就被冻结起来。如今已经过了二十年，我的记忆变得很模糊，一直到最近才想到‘环’的结尾。”

阿馨对秀幸的话半信半疑。他还记得十年前那个夜晚，秀幸突然提到“环”的话题，当时他并没有提到结尾部分，想必也觉得结尾有些不妥。

“‘环’癌变的原因……”阿馨说到这里，秀幸马上回答：“是因为出现了‘RING病毒’。”

“爸爸，会不会有人侵入程序里？”

秀幸仔细思考着，有好一段时间没有说话。

“你为什么这么说？”

“‘RING病毒’的产生原因一直是个谜，我不认为它是自然产生的，也不是从‘内部’生出来的，应该是‘外部’造成的。”

“嗯。”

“您怎么看？”

“入侵者等到‘环’开始进化才侵入程序的话，就没有实验的意义了，况且‘环’计划的安全防卫措施也很完善……”

阿馨突然提到一个人的名字。

“你记得科内斯·洛斯曼这个人吗？”

“他怎么了？”秀幸有些不屑，摆出一副“他还没死？”的态度。

“你知道他在哪里吗？”

“听说他在新墨西哥，继续从事‘人工生命’的研究。”

“嗯，他好像搬到了新墨西哥州的罗斯阿拉墨斯研究所，目前行踪不明。在失去联系之前，他留下一句带有深意的话：他知道‘转移性人类癌病毒’的真正面目了，而且掌握关键的人是高山。”

“高山？”

“爸爸，你在‘环’里面有没有看到和高山相关的影像？”

秀幸低头沉思着，努力想从大脑中挤出相关的线索。他经过几次大手术，在与病魔对抗的过程当中，记忆力难免有些减退。他想了很久依然想不出来，便激愤地说：“不，没有看过。”

阿馨为了缓和爸爸的情绪，将话题转向其他方向。“嗯，爸爸，‘转移性人类癌病毒’的碱基排列已经出来了，它的遗传因子只有九个。”

“嗯，前两天齐木就把它打印出来了，不是在你那里吗？”

“你想不想看看那些数字？”阿馨拿出碱基排列的资料给秀幸看，每个遗传因子都用彩笔圈了起来。

“这些是什么？”

“碱基的数目。”

“3072、393216、12288、786432、24576、49152、196608、6144、98304。”

秀幸依照顺序将这些数字念出来，他不觉得这些数字有什么不妥，用质疑的眼神看着阿馨。阿馨清清喉咙，一字一字地说：

“爸爸，你听好，这 9 个数字全部是 2 的 N 次方再乘以 3。”

听阿馨这么一说，秀幸又看一下纸上那些数字。经过几分钟的思考，他发出感叹的声音：“哦，你发现了。”一瞬间，他脸上浮现出昔日和阿馨进行关于科学的问答时特有的兴奋。阿馨在高兴的同时，心里也有些难过，他好久没有听到父亲的赞美了。

“这是偶然形成的吗？”阿馨想知道父亲的想法。

“不，不可能是偶然。这些数字有4到6位数，而且9个都是2的N次方乘以3，这种情形出现的几率非常低，但是它们一定具有特殊意义。你在十年前的夜晚不是这样说过吗？它们绝对不是偶然出现的。”秀幸说完，无力地笑着。阿馨马上回想起十年前定下家庭旅行计划的事。他孩提时代一直非常期待在炎热的夏天前往北美沙漠，虽然这个家庭旅行计划搁置已久，但它对阿馨仍然有强烈的吸引力。

阿馨和秀幸沉溺在过去的记忆当中时，走廊上突然传来一阵骚动。这栋大楼没有设置急诊室，阿馨听到奔跑而过的脚步声，顿时生出莫名的紧张与不安，他竖起耳朵倾听病房外的吵闹声。在嘈杂声中，有一个男人简洁地下着命令，其中还有一个女子的悲泣声。这女子的声音，阿馨十分熟悉。没错！这是礼子的声音。

“爸爸，我出去一下。”阿馨向秀幸看了一眼，马上站起来。他打开房门，看到走廊上有个穿着警卫制服的男人正在调遣人手，还有一个穿着宽大的黄西服的女人一路小跑。阿馨看着她的背影，目光停留在她背上的拉链上，又移到她那白皙的脖子上。她的确是礼子，阿馨刚刚才拉下她背后的拉链，将手伸进去抚摸。他仔细一看，礼子居然只有一只脚穿着拖鞋，想必离开时非常匆忙。他感觉事情不太妙，一面叫着礼子的名字一面追上去。

礼子随着两位警卫人员一起拐进拐角，冲进电梯旁的楼梯间，嘴里还发出含糊不清的叫声。

“礼子。”阿馨很快追上，朝着楼梯间冲去。楼梯间有搬运货物用的电梯和逃生用的楼梯，医院为了方便民众在发生紧急情况时使用逃生梯，将逃生门设计成从内侧打开。为了防止患者跳楼自杀，逃生门上装有监视器，线路连接到警卫室的监控电视，一有情况发生，警卫人员能在最短的时间内赶到现场。

礼子等人打开逃生门的时候，阿馨看到一个小小的人影坐在一扇贴着红色三角形记号的窗户旁，那个人是亮次。亮次习惯性地摇晃着膝盖，一派轻松地看着大人们紧张的模样。警卫人员马上站在原地，试图劝说亮次下来。

“不要慌！”

“不要这样！”

“来，到这里来！”

礼子也大声呼喊着：“小亮！”

亮次看到阿馨站在礼子背后，刻意和他的视线相对，然后骨碌碌地翻转眼球，露出白眼仁。接着，亮次猛然将身体后仰，一秒之间，他就迅速消失在窗外的黑暗中。

15

阿馨调整水温，坐在浴缸里接着流下的温水，水温由最初的微热升到适合身体的温度。水龙头流下来的水滴停止后，浴室内顿时安静下来。他一动不动地浸泡在温水中，把头靠在浴缸的边缘，然后抱起两膝，身体像婴儿一样拱成圆形。他静静地听着自己的心跳声，胸中的跳动使得浴缸内的水起了波浪。阿馨难得像今天这样，将宁静的下午时光花在泡澡与发呆上。

距离亮次跳下医院窗口自杀，刚好过了一个星期，他的脑海中一直浮现出当时的情景，怎么都无法平静下来。亮次跳楼自杀前后的情景，带给他非常强烈的打击。亮次从紧急逃生梯的小窗跳出去之前，向阿馨投来一个空洞的眼神，那个眼神仍然停驻在阿馨的梦中。礼子那时悲惨的叫声以及所有的影像片段，都深深刻印在他的脑海里。

亮次跳下去后，阿馨和礼子马上冲到小窗户旁，看到亮次小小的身躯呈现出不自然的扭曲，躺在血泊中。暗红色的血在夕阳的照耀下，慢慢地往更低的地面流去。礼子当场晕倒，阿馨马上伸手将她搀扶住。警卫人员赶紧把亮次送去急诊室急救，然而，像他这样从十二楼直接坠落到坚硬的水泥地上，根本毫无生还的可能。

阿馨的梦里经常出现水泥地上沾满了亮次鲜血的画面，实际上，现在医院的中庭还残留着血迹，仿佛将亮次这个早夭的生命烙印在路面上。阿馨每次走到中庭，都感到恐惧，他无法接近那个地方。

亮次的自杀是有计划的，他早就知道紧急逃生门是从内部开启的，便一溜烟跑到那里，从窗口跳下去。亮次做完血管扫描之后，预备进行第四次化疗。想到又要和那个永远打不死的病魔纠缠，他不禁觉得厌烦——与其这样永无止境地承受痛苦与失望，倒不如早点自我了结。况且，并不是只有亮次觉得痛苦，长久以来一直陪在他身边的礼子也背负着相同的痛苦，因此亮次便萌生了自杀的念头。

阿馨非常了解亮次的心情,尤其是他遭受“转移性人类癌病毒”侵害而选择死亡的痛苦心境，因为在不久的将来，厄运也即将降临到自己身上。不过，阿馨不想和亮次一样选择死亡的道路。

“你一定要全心全力和想消灭你的敌人奋战到底。如果想免除死亡的恐惧，就要上前迎战，运用智慧打赢这场仗。”秀幸曾经对他这样说过。

可是，我有那份力量吗？阿馨将身体沉入浴缸，连耳垂都浸泡到热水里。仔细想想，“转移性人类癌病毒”似乎总是在阿馨身边蠢蠢欲动，专找他的亲人和朋友下手。

难道我真是被派来拯救世界的战士？可是，这种使命远远超过我的能力了。

想着想着，阿馨冷不防地从浴缸中站起来。这个拯救世界的想法让他的心情大为好转。仗着这股气势，他要在今天傍晚和礼子见面。虽然这是件小事，与解救全世界的人类无关，但是对他来说却是急需解决的重大事情：他已经有一个礼拜没见到礼子了。

阿馨将身上的水滴擦拭干净，穿上新的衬衫和牛仔裤。终于可以见到礼子了！亮次的葬礼过后，他们俩这是第一次见面。之前礼子一直拒绝见面，阿馨好不容易才跟她定下这个约会，条件是只有一个小时。这是阿馨唯一的机会，今晚他无论如何都要弄清她为何拒绝见面，为何态度突然冷淡下来。

16

礼子住的公寓外有一个高台，上面种着许多绿色植物。那是一栋豪华的三层楼建筑，墙壁是用红砖砌成的。阿馨走到大门口，按下电铃后便在一旁等待。不一会儿，从扩音器里传来礼子的回答声。话音刚落，大门就自动打开了。

阿馨走进大厅，踏着地毯走到电梯前。他想，既然礼子安排亮次住进头等病房，经济情况应该很不错。当然，他不会去追究礼子的金钱来源，礼子更不会主动说出来。阿馨从她平时的言语当中，得知她嫁了一个年纪较大且事业有成的丈夫，几年前丈夫得了癌症去世，留下一笔可观的遗产。

阿馨走到三楼的尽头，轻轻按下门铃，不到几秒钟，礼子马上打开门，站在门口迎接阿馨。阿馨已经有一个星期没有看到礼子了，感觉有点陌生。她将头发往后扎成一束，用橡皮筋绑起来，梳理整齐的头发中掺杂着几根白发。

“请进。”礼子说完这句话，就没再出声。

“好几天没看到你了。”

阿馨在礼子的带领下来到客厅，坐在沙发上，之后他们俩久久没开口讲话。阿馨感觉气氛很不好，也搞不清楚礼子为何会变得如此冷淡。他猜测礼子大概是找不到适当的话题，不知说些什么才好，干脆闭口不说。

礼子不发一言，沉默地将麦茶倒入茶杯里，端到阿馨的面前，在他的对面坐下来。

“我一直很想见你。”

阿馨伸出手去碰触礼子，没想到她竟然马上避开，身子往后一挪，将后背靠向沙发，拉开了距离。在亮次的葬礼上，她也有过这种举动。那时阿馨自认为只有他才能安慰礼子失去儿子的悲伤，他想拥住礼子的肩膀，她却扭开身子拒绝他的安慰。阿馨欠缺和女性接触的经验，无法理解礼子为何拒绝，也不知道问题到底出在哪里。

室内的冷气已经调到合适的温度，礼子却用双手环抱住自己，一副很冷的样子。相反，阿馨却觉得有些闷热。他看到礼子这副憔悴的模样，多少能理解她内心的伤痛：亮次的死给她造成太大的打击，让她把自己封闭起来了。阿馨不知该说些什么安慰的话，他只想到一些“要振作起来”、“鼓起勇气面对未来”之类冠冕堂皇的话，却不好意思说出口。于是，他们俩就这样呆坐着，相对无言。

“你打算这样一直坐着不说话吗？”礼子垂下眼帘，冷漠地开口。她的语气把阿馨惹火了，他不禁大叫起来：“你到底有完没完？”

“你在说什么？”礼子说完后，忽然用两手抓住头，身体激烈地晃动着，发出哽咽声。

“我怎么做才能减少你的悲伤呢？我也想尽一份心力，可是不知道怎么做才好。”

礼子抬起头来，用牙齿紧紧咬住下唇，红肿的双眼还含着泪珠。“如果没有遇到你，那该有多好。”

阿馨顿时露出惊讶的表情，大声质问：“你的意思是说，你很讨厌我？”

绝对没这回事！阿馨无声地在心中呐喊。如果真的讨厌我的话，她就不会接我的电话，不会答应和我见面，也不会出现今天这种难堪的场面。再说，虽然提出会面时间只有一个钟头，但她应该也有话想对我说吧。

“那个孩子都知道了。”礼子等到情绪稍微稳定一些才开口。

“什么？”

“你和我的事情。”

“你和我相爱的事吗？”

“相爱？那是相爱的样子吗？”礼子的脸上露出嘲笑的表情。

“他知道多少？”阿馨深呼吸一下，挺直腰杆。

“他知道我们在那个房间里做的事情。”

阿馨一听，不禁吞了口口水，才用沙哑的嗓音回答：“不会吧。”

“那个孩子的感觉非常敏锐，我们当时实在太糊涂了，居然做那种事情……做那种事情……”礼子的情绪好像随时都会崩溃。

“可是……”

“他留下一封遗书。”

“什么？”

“你想不想知道他写了什么？”

阿馨没有回答，神情紧张地吞了几口口水。

“我不在了，你们可以尽情地做吧！”礼子学着亮次的口气，面无表情地说。

怎么会这样？阿馨的脑海中浮起亮次戴着泳帽、穿着宽松短裤站在游泳池边，带着嘲讽的笑容，重复这句话的画面。

“我不在了，你们可以尽情地做吧！我不在了，你们可以尽情地做吧！我不在了，你们可以尽情地做吧……”

一开始，阿馨注意到亮次每次被带去检查身体时，他和礼子就有两个小时的空当单独相处，两人因此有了身体上的亲密接触。还记得第一次发生的时候，他们不到十分钟就结束了，脸上只留下虚脱和悔恨的神色。当时他们和现在一样，带着一种快哭出来的表情看着对方。

阿馨喃喃说着“我爱你”，舐着礼子的眼泪。礼子再次念出儿子的遗言，想到亮次惨不忍睹的死状，全身激动地颤抖。除了让礼子尽情地哭出来，阿馨没有更好的方法帮助她缓解罪恶感，哭累了，她自然会恢复平静。他试着站在亮次的角度看待礼子和自己的行为。

礼子利用亮次出去接受检查的机会，沉溺于自己的快乐，这对亮次来说无疑是一种背叛。本来应该和他肩并肩的母亲，却利用他出去战斗的时候，偷偷在房间里享受，他在心中建构的美好远景全都幻灭了。

阿馨对亮次的自杀没有感到特别悲伤。从亮次的病情来看，他终究难逃一死。既然已经被死神召唤了，倒不如以自己的力量来缩短发病时间，说不定对患者更好，这样家属也能松一口气。

如果礼子的行为是导致亮次自杀的原因，阿馨就觉得亮次的想法未免太复杂、太偏激了。礼子付了很多钱让亮次住进头等病房，为了让亮次重新回到学校时尽快适应，还聘请家庭老师来上课，她做这些都是为了安抚儿子，提高他的求生意志，明显表现出对儿子的爱。如今亮次却因为母亲的行为而寻死。

亮次当然有绝对的理由对母亲感到绝望，但是，他的死却造成礼子无止境的悔恨，甚至让她将愤恨的矛头指向是共犯的阿馨。阿馨终于理解为何礼子会在葬礼上急忙闪开身，拒绝他的安慰与碰触：大概礼子不想在亮次的牌位面前做出亲密的行为。她希望让这段感情冷却下来，好好思考未来的事。但这个变化却让年轻的阿馨十分惶恐，不知所措。如果真能爽快地挥剑斩情丝，就此一刀两断，就不会有这么多事了。阿馨不想这么做，他想让一切恢复到以往，继续维持和礼子的关系。

“能不能再给我一些时间？”阿馨恳切地要求。他想争取一点时间，让礼子冷静下来好好思考一番，而不是在今天就将一切都画上句号。

“不行。”礼子激烈地摇着头回答，“我不知道怎么做才好。”

阿馨看着礼子无助的模样，喃喃地接口说道：“我也是，目前也只能这样了……”看来事情还有转机。礼子叫他来这里，并不是想和他断绝关系，而是向他倾吐不知该如何是好的心情。

约定的一个钟头快要过去了，窗外的天色渐渐暗了下来。阿馨和礼子是在梅雨季末相遇，如今才过了两个月，他却觉得好像过了很久。他们沉默的时间比交谈的要长，两人又默默相对十几分钟，但是礼子始终没有开口说出送客的话。阿馨觉得礼子的态度有些不自然，她好像有话想说，却说不出来。

“礼子，你是不是有事瞒着我？”

被阿馨这么一催促，礼子才下定决心抬起头来，脸上带着挑衅的表情。“我好像有了。”

阿馨一时间无法理解她话中的含义。“有了？”

“是的。”

阿馨和礼子四目相接，突然间，他感觉体内有一股强烈的冲动即将爆发。没想到在医院的头等病房里，竟会同时发生死亡和诞生这两件人生大事，这真是世界上最残酷的事实。阿馨的心中有种造化弄人的感觉：这个消息来得令人措手不及。

“真的吗？”

礼子发出深深地叹息声，柔声询问：“你觉得我该怎么做？”

“我希望你生下来。”阿馨并不是抱着玩弄的心态和礼子交往，一旦礼子怀了孩子，想生下来的话，他一定会跟她一起生活，共同抚养这个孩子。他想弄清礼子的心意，这个孩子的去留关系着两人的未来。

“你开什么玩笑！”礼子拿起放在茶几上的早报扔过来。阿馨不用看也知道她的用意。今天早上，他也看过社会新闻版面的那一篇报道。

那篇报道旁刊登了一张美国亚利桑那州某处沙漠中树木的照片，文中指出，美国科罗拉多州大峡谷的US180号高速公路沿线，长着茂密的灌木植物，其中有些树木的树干和树枝前端生出奇异的突起。这是因为树木遭受了某种病毒的感染，在枝干处长出瘤来，连树叶都枯萎了。不仅那一带的树木遭受了感染，世界各地也有这种情形出现，便开始流传出元凶是“转移性人类癌病毒”突变种的说法。现在不仅是动物，“转移性人类癌病毒”的触手已经延伸到植物身上，沙漠中这些奇形怪状的树木仿佛是昭示这个世界即将灭亡的警讯。这篇新闻报道充斥着煽动人心的论调，很难让人不担心自己已经染上“转移性人类癌病毒”。

礼子是“转移性人类癌病毒”的携带者，只是还没有发病。既然现在连植物都会感染病毒，那从礼子的子宫里生出来的孩子一定有更高的感染几率。阿馨不清楚礼子到底作何打算，他隐隐约约觉得礼子似乎在筹划什么，觉得忐忑不安。

“你说得倒简单，如果生下来，这孩子肯定会感染‘转移性人类癌病毒’！”

“总有一丝希望嘛。”

“环界”中的“RING 病毒”会感染所有生物，动植物都会被逼到灭绝的地步。阿馨深深地感到，“环界”中发生的各种现象开始和现实情况连接起来。

“你不要这么快下决定。”阿馨好言好语地恳求礼子。

“其实我也不想放弃他，因为这是用亮次的生命换来的新生命，我一定要好好珍惜。可是不放弃他的话，又让他重复亮次短暂一生的悲惨命运吗？亮次来到这个人世间，还没享受到半点快乐，就结束了短暂又痛苦的旅程。所以，请你帮帮我，我真的不知道怎么做才好。”礼子的思绪非常杂乱，连说话都有些颠三倒四。

“你该不会想打掉孩子吧？”阿馨再次问道。礼子慢慢点头：“说实在的，我也没有那个勇气。”

阿馨暗中观察礼子的眼神和表情，想看出她真正的心意。她不想堕胎，但也看不出有生下孩子的愿望。莫非她想自杀？

阿馨最大的愿望就是让礼子活下来。为了和礼子携手展开新生活，他必须给她灌输积极的人生观，也有责任发掘自己的人生价值，然后付诸行动。一定要说服她，让她放弃寻死的念头。

阿馨接着又想到，一旦这个世界遭到癌化，就会丧失多样化的遗传信息，迈入毁灭的道路，到了那时，活在世间就完全没有乐趣可言了。目前只有一个方法可以挽救这种颓势，就是用这双手来修正这个混乱的世界。但是需要多少时间呢？两个月还是三个月？礼子的肚子一变大，她马上就会选择死亡。

“拜托你，再等我三个月，请你相信我。”

“三个月太久了，你知道我的身体会变成怎样吗？”礼子发出微弱的悲泣声。

“那两个月可以吗？”

礼子愤恨地看着阿馨。“我没办法跟你约定什么。”

“不行，我们一定要做个约定！接下来的两个月当中，不论发生什么事，你绝对不能自杀。”阿馨将双手放在礼子的手背上，十分坚定地说。

他们相视了好一会儿，礼子的脸色渐渐和缓，情绪也稳定下来。唯有让礼子心里有份寄托和希望，才能减轻她的痛苦。

“两个月……”礼子小声地念着。

“是的，我们两个月后再见面。在这段时间内，无论发生什么事，你都要为我活下去。”

“只要活下去就可以了吗？”

"嗯，你的心脏要继续跳动、要有呼吸，还要常常想到我。"

礼子不由得破涕为笑："不知道你第三个月会开出什么条件？"

阿馨看到礼子开朗的表情，终于放下心来。他无法让礼子做出任何保证，只能全心全意信任她。这段时间内，他得赶快想办法解开"转移性人类癌病毒"的碱基数为何都具有2的N次方乘以3的特征。明白它如何产生，就能找到阻止它的方法。

17

阿馨搭乘电梯回到位于二十九楼的二见家时，感到有些耳鸣。照理说，电梯内应该不会受到气压变化的影响，但是他今天耳朵里一直有嗡嗡的响声，同时有些若隐若现的影像在眼前摇晃。阿馨想起，这耳鸣声是亮次跳楼自杀时身体碰撞到水泥地，骨头碎裂的声音。他猜测这可能是电梯在上升时引发脑中的某种频率，激发了这段记忆，连当时的影像都悄悄在眼前复苏。

阿馨低着头打开门，大声喊道："我回来了。"屋子里没有任何回应。阿馨毫不在意地脱下鞋子，换上拖鞋。他抬起头，赫然看到真知子站在面前。

"你过来一下。"真知子不由分说地抓住阿馨的手，一脸兴奋地把他拖进房间里。

"妈妈，有什么事？"阿馨不知所措地跟在母亲后面。他很长一段时间没有进过母亲的房间，里面杂乱无章地堆了很多书、杂志和复印资料。阿馨记得母亲向来都把房间整理得非常整齐，绝不是现在看到的这个样子。仔细一想，他虽然和母亲住在同一个屋檐下，却感到她的面孔有些模糊，就像许久不见的朋友。

“到底是怎么回事？”亮次自杀之后，阿馨变得有些神经过敏，对突发状况总是怀有恐惧。

“你看看这个。”真知子递给阿馨一本《幻想世界》杂志。

“这是怎么回事？”这本杂志应该是专门报道世界上的神秘事件，阿馨对这类东西一向没什么兴趣。真知子从他手上夺走杂志，翻到第四十七页。“你看一下这篇文章。”

文章的标题是《从癌症末期生还》。

秀幸生病后，真知子将全部精力花在寻找治疗癌症的方法上，但她脱离了现代医学领域，开始在民间传说和宗教中寻找答案。最近，她甚至还提议用炼金术，阿馨只好附和她。

阿馨看了一下文章内容，主角是一位住在俄勒冈州波特兰市的退休测量技师弗兰兹·波尔，他在多年前感染了“转移性人类癌病毒”，身体中的癌细胞已经开始转移，医生宣布他只剩下三个月寿命。弗兰兹·波尔拒绝医生让他接受治疗的劝告，外出旅行。他在某个地方待了两个月后，又回到波特兰市。医生检查他的身体，赫然发现体内已经扩散的癌细胞居然都消失了。医生又检验血液，发现他体内细胞的分裂次数比同龄的人要多。弗兰兹·波尔不但奇迹般地没有死，而且还获得了更长久的寿命。他绝口不提那两个月的遭遇，一直到他因意外事故身亡，都没有人知道他那两个月究竟去了什么地方、做了什么事。某个杂志记者不死心，四处去调查弗兰兹·波尔的神秘之旅，经过不眠不休的查访，只获得弗兰兹·波尔曾在洛杉矶租了一辆车的线索，至于是前往何处，依然不得而知。

真知子很想知道阿馨会有什么反应，她全神贯注地盯着他看。阿馨以前也曾经在报章杂志上看过癌症晚期病人奇迹般生还的报道，这并不是多么稀奇的事，时常可以听到这类逸闻。他理解真知子充满期待的心情，慢慢抬起头迎向她的视线。

“你觉得怎么样？”真知子非常兴奋地问。弗兰兹·波尔应该是从波特兰坐飞机到洛杉矶，如果他前往的地点是亚利桑那州和新墨西哥州附近的沙漠地带，当然就必须在洛杉矶租车，这很符合逻辑。

“妈妈，我知道你想说什么。弗兰兹·波尔去的地方，就是我们以前说过的位于沙漠中的长寿村，你是不是这样想？”

真知子露出灼热的眼神看着阿馨，兴致勃勃地说：“我还有另外一个证据。”

“是什么？”

“你看这个。”真知子将藏在背后的一本原文书拿到儿子面前，书名是《北美印第安人的民间传说》。封面上画着一个头上插根羽毛的印第安男人站在山丘上，沐浴在阳光中，一副正在祈祷的姿势，背后还拖着长长的黑色影子。这本书看起来很旧，连封面的颜色都有点褪色，内文有好几页都留下了肮脏的手渍。

阿馨打开目录，这本书共分七十四个篇章，每个篇章中至少有一个奇怪的英文单词，让人看不懂。例如里面有一个“HIAQUA”，阿馨从来没有看过这个英文单词，英文词典里也找不到。他再翻开几页，看到好几张照片，其中一张是印第安人单腿跪地，做出拉弓的动作。他抬起头等待真知子解释。

“这里面记载的是北美印第安人的民间传说。”

“这个我知道。北美印第安人的民间传说和刚才的杂志之间，到底有什么关联？”

真知子拉了两把椅子过来，把阿馨按进椅子里，她坐在对面，高兴地开始解说：“印第安民族流传着许多神话和传说，然而北美的印第安人没有自己的文字，他们所有的神话和传说都是用口头语言流传下来的。”

真知子将阿馨手上的书拿走，翻到目录页。“这里面写的七十四个短故事，都是外人收集起来的，然后收录在这本书中。你看，在故事的一开始，除了标上名称，作者还将这个故事是在何时何地、由谁收录、出自哪个部落……都写得一清二楚。”

阿馨念出真知子指着的故事标题。

《众山之顶如何才能接近太阳》

萧邦卡亚族

这篇文章记录一个白人男子和萧邦卡亚族交往，他一边听他们讲述传说，一边将故事记下来。故事内容十分简短，最多一两页就结束了。另外七十三篇文章的长短也和这篇差不多，名称都是简短的文字。

“阿馨，我想让你看看这个故事。”

真知子打开第三十四个故事，阿馨看了一下故事标题——“被无数眼睛监视着”。这也是偶然吗？到底是“谁”在监视“什么”？

阿馨将椅子往后面挪一下，在真知子的注视下开始看起来。

《被无数眼睛监视着》

塔利基特族

一八六二年，南北战争中，一位白人牧师本杰明·巫克利富在沙漠中和马车队走散了，他很幸运地被印第安的塔利基特族解救，那几天都和他们生活在一起。

在某个宁静的夜晚，本杰明和塔利基特族人围在火堆旁，听长老讲故事。夜空下熊熊燃烧的火柱和长老抑扬顿挫的语调，深深地印在本杰明·巫克利富的脑海里。那一晚，他决定把这个故事写下来。

在古老的从前，自然界所有的生物都诞生于同一物质，并且相互拥有联系，共同生活在某个巨大的生物体中。人类和动物天生就对自然界中的大海、河流、大地、太阳、月亮和星星充满了亲近感。人类感觉到大地上充满了精灵，因为人类的内心和这个大生物体的心相连，一旦人类做了坏事，大生物体的心就会生病，将灾祸降临到人间。

某天，星星们乘着大生物体中的血液在空中飞行，其中的一颗降到地上，变成一位男人，名叫塔利基特，他和一座叫蕾尼亚的湖泊结婚，生下两个男孩。这对夫妇生活在大生命体的怀抱中，不曾做出背叛精灵的坏事，因此和孩子过着幸福快乐的日子。

孩子们终于长大成人，可以帮助父母做家务了。他们非常勇敢，也善于狩猎，兄弟俩经常为父母猎取大型猎物回家。

有一天，塔利基特觉得脚很疼，便告诉了妻子和孩子。妻子和孩子都很为塔利基特的身体担心。塔利基特知道他的脚为什么疼痛，因为他在到达地面之前，曾经感觉自己被无数的眼睛监视着。

那时候人类虽然可以猎取动物，但是不能吃得太多，也不能积蓄过多的猎物，而且对猎取来的猎物一定要心存敬意。

为了监视这一切行为，身为自然界之父的大生物体在山顶上放置了一个巨大的眼睛。这个眼睛虽然很大，但是只有一个，无法同时去监视各地人类的所作所为，于是人类慢慢地学会欺瞒这个眼睛，做出背叛大生物体的事情。大生物体不想让大家逃出他的视线，便决定将眼睛植入人类的身体中。

“就是那个眼睛让我的脚感到疼痛。”塔利基特向妻子和孩子们说出了一切。

“爸爸，我们一点也不觉得你曾做过违背大生物体的事啊。”

“一定是我在无意间犯了错。”塔利基特说完这些就去世了。妻子和孩子都很悲伤，非常痛恨大生物体的做法。

不久，哥哥的腰也开始疼起来，接着弟弟的背也感到了疼痛。他们检查彼此的身体，发现哥哥的腰部、弟弟的背部都长出拳头般大小的“眼睛”。这两个人吓了一跳，马上求助于母亲蕾尼亚。于是蕾尼亚去拜访森林精灵，想找到解救儿子的方法。

“向西直行，等待战士的出现。确定了战士的真意后，前往他指示的地方。”

听到森林精灵这样回答，这对兄弟马上动身前往西方，等待战士的出现。在等待的那几天里，兄弟俩身上的“眼睛”一天天地变大，他们全身疼痛不已。

终于，不知从哪里出现了一位骑着野兽的强壮男人，他带领这对兄弟走向山的尽头。他们渡过好几条河，从草原一直往北走到沙漠。看到一座巨大的山脉之后，他们改往南边走去，不久到达一座小山丘。这座山丘位于两座山脉间的山谷后面，呈现出弓的形状，是东西两条河流的分水岭。从山丘上向西边眺望，会看到一条河流往西边的大海流去；向东边眺望，同样也有一条河流流入东边的大海。

这一行人到达山丘的最高点，战士便从怪兽身上跳下来，三个人一起爬上瀑布的顶端，瀑布上头有一个黑色洞穴，里面住了一位“先知”。“先知”向这对兄弟述说创造天地的事情。哥哥询问“先知”的年龄，“先知”回答：“说出你们对我的第一印象。”

兄弟俩对看了许久，仍然不知道要怎么回答。“先知”不想为难他们，淡淡地说：“我从有宇宙以来，就在这里了。”

接着，这两个兄弟向“先知”诉说想取下腰部和背部的“眼睛”的心愿。

“先知”马上回答：“可以，但是从今天开始，你们要代替我在这里监视人类。”

“先知”说完就消失了，而这两兄弟身上的“眼睛”马上掉落到地上，变成了黑色的石头。他们从此获得永远的生命，留在那个地方监视人类。

阿馨一看完，真知子马上问他：“你看懂了吧？”

阿馨并不怎么喜欢这个故事，他本来就不喜欢小说，尤其是民间故事与神话之类的文章，更是连看都不想看。他觉得神话缺乏真实感，阅读的时候很难让人深入思考。虽然这个神话故事很短，但是阿馨不太了解它想表达什么。就算是一句很有意义的话，也会随着人们的感受不同而有不同的诠释，他只能以“大概懂吧”作为回答。

“这和其他的小说也没什么不一样嘛。”阿馨喃喃自语。

真知子对他的反应不甚满意，脸上没有欣喜的神情。

“‘先知’应该指通晓文字的老人，那‘无数个监视的眼睛’又是指什么呢？”

“问题就在这里。”真知子取出附在书后的北美地图，在阿馨面前摊开来，地图里记载着北美各地的主要印第安部族的名称和分布区域，“你认为民间传说和神话都是虚构的吗？有个学者说，神话是以一个民族的历史为背景架构出来的，里面包含了某种愿望。就以诺亚方舟这个传说为例，世界各地都残留着大洪水的遗迹，证明这多少有些事实根据。这甚至已经变成一种常识。所以你先假设刚才看的传说有事实根据。塔利基特族现在属于俄克拉荷马州西侧的欧基瓦族。”真知子指着地图上的某一点，那里就是塔利基特族的栖息地。

“在传说中，这两兄弟是从这里往西边走去。”真知子的小指往地图的左边移动，然后停下来，“那对兄弟到底是往哪边走呢？传说中记载，他们站立的山丘位于两座山脉间的山谷的尾端，正好是两条河流的分水岭，从地图上看，很可能是落基山脉。”

真知子的小指从加拿大一直往下滑，然后停在落基山脉的尾端。从地图上来看，塔利基特族居住地的西南有一座四千米高的山脉。现在真知子指的地方，正是一座呈弓形走向的山谷的末端，中间围着一片沙漠。

真知子又用小指尖沿着弓形山谷移到一处打着“×”号的山丘，山丘左侧的科罗拉多河支流小科罗拉多河注入太平洋，山丘右侧也有一条河流注入大西洋，这座山丘正是书中提到的分水岭。这个地方处于新墨西哥州、亚利桑那州、犹他州和科罗拉多州境内，重力负值非常高，很可能有长寿村。它距离罗斯阿拉墨斯很近，也有许多树木发生病变。

阿馨突然感到一阵眩晕，他想象自己站在山丘上往西边眺望，可以看到浩荡的河水流进太平洋，转而向东望去，又看到另外一条河流注入大西洋。

阿馨从来没有去过那个地方，只看过地图上的等高线图，脑海中却清晰地浮现出当地的风景。他不知从哪里来的自信，十分确定当地有长寿村，似乎有某种未知的命运正在等待他前往，他心中隐隐升起一种恐惧。阿馨一向不太在乎神话的真假，也不愿花时间和精力去追究。一直到今天，他才体会到神话里包含着许多人的愿望，秀幸、真知子和礼子都对这种神话或传说抱有期待。

真知子将双手放在阿馨的膝盖上，问："你可以去一趟吗？"

阿馨反问道："妈妈，你认为弗兰兹·波尔去的地方是这里吗？"

真知子颇有深意地笑了笑。"你还记得弗兰兹·波尔是做什么工作的吗？"

"应该是一位退休的测量技师。"

"他同时也是美国民俗学会的会员之一，你不知道吧？"

"当然不知道。"

"而且，这本书……"真知子拿起《北美印第安人的民间传说》，"是好几个人编出来的，书末尾清楚地写着各个故事的责任编辑。在这六位责任编辑的名字下面，也记载着各自负责的故事号码。而第三十四号故事《被无数眼睛监视着》是由弗兰兹·波尔负责编辑的。"

"是吗？"

"弗兰兹·波尔被宣告已是癌症晚期，只剩下三个月的生命，他将所有的希望都寄托在这个印第安传说上，动身前往西南部沙漠地带中的某个地方。弗兰兹·波尔是位民间传说的研究者，所以期望在有生之年去拜访这个地方。就算在这趟旅程里没有发生奇迹，对他也没有任何损失。

"《被无数眼睛监视着》这一篇故事有许许多多不同的版本，

这里记载的是它最原始的面貌。在某个版本中，主角变成了兄妹，而在另一个版本里，塔利基特担心蕾尼亚产后身体不适，于是前去拜访‘先知’，求得治病的泉水，使妻子的身体痊愈。其实还有很多的版本，尽管内容不尽相同，但是里面讲的地点都一样，因此这个地方应该藏有治疗癌症的秘方。”

真知子边说边指着地图。

“所以弗兰兹·波尔才去了这个地方。”

“这个地方是……”

“阿馨，很久以前你给妈妈看过一张重力异常分布图，在亚利桑那州或别的州的沙漠上做了记号，你再拿出来让我看一下。”

阿馨也想再次确认一下，于是点点头，马上到房间找那张分布图。

这几年来，阿馨一直没有看到过那张世界重力异常分布图，花了不少时间寻找。他翻遍了整个书柜，连桌子的抽屉里都看过了，就是找不到。情急之下，阿馨忽然想到一个最省事的方法，只要像十年前一样登录电脑的数据库，就可以把资料调出来。

他马上插上电脑的电源，凭借记忆，按照与十年前相同的路径进入。首先通过虚拟电路登录数据库，然后在“种类”上选择“科学技术信息”，再选择“重力场”，接着选择“重力异常”，然后在“场所”上指定“世界”。这时，屏幕上列出公元纪年的指示，阿馨思考着要选择哪一年的重力异常分布图，最后他在计算机中调出十年前的分布图，将北美洲放大。

阿馨万万都想不到，此时电脑屏幕上完全没有重力异常的标志。十年前的那个夜晚，他明明看到北美沙漠上的某一点标有明确的重力负值，而且负值很大。他还把这张分布图和另一张长寿村分布图重叠，拿给秀幸和真知子看。但是，眼前这张分布图上完全没有标志，只是一张普通地图。阿馨又按照相同的顺序重新操作了好几次，然而分布图上依然只有一般的等高线和一些无意义的数字。

这应该是十年前的那张分布图，爸爸妈妈也都看过啊。所以爸爸才约定要带全家人一起去北美沙漠旅行的，爸爸当时写的同意书还放在抽屉里呢。十年前那份资料究竟是从哪里传来的？阿馨百思不得其解，只感到太阳穴附近传来一阵疼痛。他关上计算机的电源，闭上眼睛，脑海中顿时浮现出沙漠中长寿村的景象。

北美沙漠中的确有长寿村存在！阿馨在脑海中描绘出一幅景观：河川侵蚀了略微拱起的弓状丘陵，老鹰在空中翱翔，俯瞰着大地。深深的峡谷在一大片翠绿树木的簇拥下，夹着两股往太平洋和大西洋奔流而去的河水，就像血液和淋巴腺在身体内四处流动一般。不治之症和长生不老、重力的强与弱、生与死，似乎所有的矛盾都在这片沙漠中融为一体，而且慢慢地往周边蔓延。背后好像有某种暗示，一直控制着事情的发展，说不定“先知”还在洞穴里监视着这个世界。

猛然间，阿馨发现真知子站在背后，于是转身说道：“妈妈，我决定去那个地方。”

“你怎么去？”

“先把爸爸的摩托车空运到洛杉矶，再从那里出发。”

真知子不住地点头，赞同儿子的决定。

第三章

CHAPTER 03

边际之旅

1

东边的地平线开始变亮，大部分天空依然笼罩在黑暗里，阿馨在黑暗中朝着微弱的曙光前进，后视镜里看去是一片漆黑。他只靠着少许线索，就肩负起找出抑制“转移性人类癌病毒”的方法的重大使命，独自一人在深夜的高速公路上穿过莫哈维沙漠。

不久，天空的黑暗渐渐褪去，慢慢迎来晨曦。茶褐色的天地间蒙上一层淡淡的红色，高速公路两旁的重重高山仿佛影子般浮现出来。阿馨骑着秀幸十年前买的越野摩托车，双手紧握把手，锐利的双眼欣赏着沿路的风景。一路上，他饱览了美国壮阔的风光，这是他在十岁时就曾梦到过的景色。他千里迢迢跑到美国来，连续骑了六个钟头的摩托车，眼前终于出现一片荒凉的沙漠。

阿馨昨天下午才收到航空公司运来的摩托车，为了保持穿越沙漠的体力，他原本打算在旅馆里好好休息，第二天一大早出发，但是又考虑到白天的沙漠非常炎热，不适合长途骑车，所以改在昨天晚上十点左右从洛杉矶出发。

阿馨在路上想，还好昨晚提前出发，既可以欣赏沿路的美丽风景，也不会浪费时间，现在他最缺乏的就是时间。今天是九月一日，一旦在两个月里找不出解决的方法，不仅是礼子，连她肚子里的孩子也会有生命危险。

阿馨独自穿越黑暗荒凉的莫哈维沙漠，四周除了车灯没有半点光线，他调整好车子的方向，沿着高速公路一直前进。太阳升起后，就可以欣赏绚丽的朝阳了。在过去六个小时中，四冲程的 OHC2 发动机巨大的引擎声一直没有停止过。阿馨保持着秀幸教导的正确骑车姿势，紧紧握住把手，在铺着柏油的高速公路上奔驰。

以前，他随意把两腿跨在摩托车上的时候，总会被秀幸怒斥一顿。“小子，膝盖要紧紧靠着油缸。”

阿馨活动一下肩膀，将力量落在踏板上，继续奔驰——或许是因为爸爸的缘故，我才能以同样的姿势连续骑几个小时，而且一直充满自信。

车上的里程表显示阿馨已经走了三百英里。这辆摩托车的油缸一次可加三十升汽油，能在高速公路上连续骑三百五十英里。现在该加油了，待会儿可能在方圆两百公里内都找不到加油站。

阿馨从夜晚一直骑到早上，见识了地球自转的事实。一旦停下来，他反而觉得自己在地球自转中被抛弃了。他希望不会再迷路，到达下个乡镇时，可以好好吃一顿早饭，然后找间汽车旅馆休息一下。

摩托车后视镜中的夜色完全消失，整片大地被旭日的光辉包围，前方浮现出街道朦胧的影子，兼营小咖啡馆的加油站已经不远了。

午后，阿馨在汽车旅馆办妥住宿手续，马上到浴室冲了澡，躺到床上。虽然他很想睡觉，可是残留在体内的引擎的震动感让全身的细胞还在摇晃，即使躺在床上，也觉得依旧骑在摩托车上，一直夹着油缸的双腿内侧无比酸痛。

我到底骑了多久呢？阿馨掰着手指数，从洛杉矶连续骑了六小时抵达沙漠，他找了家小店慢慢吃完早餐、补充好燃料，又往前走了三小时的路程，合计一共骑了九小时。接下来的行程，他打算用九小时从四十号州际高速公路往东行进，到达阿尔伯克基附近，然后往左转向二十五号州际高速公路朝北行进，途中经过圣塔菲到罗斯阿拉墨斯，再前往科内斯·洛斯曼最后的居住地。阿馨最终的目的地是横跨亚利桑那、新墨西哥、犹他、科罗拉多四州的沙漠地带。不过，他想先打听打听科内斯·洛斯曼的消息，探讨他那句话的真正含义。

阿馨在床边的背袋里翻找了一会儿，拿出一个皮夹。他抽出皮夹里的两张照片，平躺在床上举起，对心爱的人诉说着情意。

在出发前，阿馨来到秀幸的病房，告诉他要去美国的事情，并且说明了原因。

“哦。”秀幸点了点头，没有说什么。接着，阿馨毫无隐瞒地说出他和礼子正在交往的事情。他怕如果不把所有的事交代清楚，一旦秀幸在自己前往美国这段时间里死亡，就没有机会说了。

秀幸知道礼子的子宫里正怀有二见家的下一代时，发出一种很奇怪的笑声。“小子，你很厉害嘛。”虽然他的语气有点虚弱，却依然抓住这个话题不放，想打听礼子的容貌。“这个女人长得怎么样？”

“对我来说，她是最好的女人。”阿馨很有自信地回答。

在这场谈话当中，秀幸重复了很多次：“真是不能小看你啊！”甚至还高兴地说：“我一定要活着看到孙子的脸。”阿馨庆幸自己说出了礼子的事情。

阿馨把视线从照片上移开，转身将照片放回背袋里。这时，他感觉胸口传来一阵激烈的躁动，久久无法停止，内心的孤独感更加深重。为了分散心中的孤独，他将注意力移到房间里的摆设上，看向墙上的豪华圆形挂毯，又看着天花板上旋转的电扇，感受着吹拂下来的凉风。

电扇发出些许噪音，不过厨房里冰箱的马达声更叫人心烦。房间里的家具和电气产品与这家汽车旅馆的招牌一样陈旧。连床底下也传来一阵“唰唰”的声音，可能是蟑螂在爬。阿馨刚才在地板上发现一只蟑螂，恐怕是它跑到床底下作怪吧。阿馨对蟑螂可是束手无策，因为他从小到大都住在面对东京湾的大厦里，从没见过蟑螂，不知道如何面对这种小生物。

他本来以为自己彻夜不休地赶路之后，会累得马上瘫在床上呼呼大睡，没想到正好相反，或许是刚离开日本，头一次住在外国的旅馆里，难免心情亢奋。

这趟旅行和阿馨原本的计划完全不同，一想到十年前在梦里描绘的旅行与现实的差距，他眼眶中不禁盈满泪水。这趟旅行中要面对的问题太多了，为了拯救濒临死亡的父亲、为了解开礼子迷惑的心情、为了一个新生命、为了展示自己存在于这个世界上的价值……阿馨一样样列举出目的，想激发勇气，让自己振奋起来。一时间，兴奋、感伤、疲劳、震惊、使命感等情绪和热气混在一起，有如数不清的蚂蚁在体内爬行，让他怎么都无法入睡。

这时，阿馨突然想到旅馆的中庭里有一座小小的游泳池，他马上起身换上泳裤，打算用清凉的池水消除心里的烦躁。

他跳进无人的游泳池里，躺在水面上仰望天空。他非常喜欢从空中跳进水中那种快速移动的感觉，特别是从水中仰望天空时，可以同时欣赏水和空气两种不同层次的东西，连刺眼的太阳在水里看起来都显得歪歪扭扭。

阿馨站在游泳池中央，只有脸浮出水面，从“凹”字形中庭的缺角处看到远处绵延不绝的沙漠，别有一份奇特的真实感。他感觉体内的热流慢慢融化了。等到那种灼热感完全褪去，他才从泳池里爬起来，回到房间。

此刻，他终于有了睡意。

2

阳光渐渐灼热起来，阿馨穿上长袖运动衣，戴上皮手套，将牛仔裤塞在长筒靴里，只剩下安全帽下方的一小截脖子曝晒在太阳下。尽管如此，当他骑着摩托车在太阳底下奔驰的时候，仍然觉得全身好像快被烤焦了。

阿馨的目的地是新墨西哥州罗斯阿拉墨斯郊外的小镇——温斯洛克。

在出发之前，他托天野调查科内斯·洛斯曼最后居住的准确地点，得知洛斯曼在温斯洛克买下古老的民宅当作居住和工作场所，后来出于某种不明原因中断联络。他期待洛斯曼还住在原来的地方，即使不在，那个地方应该也会留下某些东西，可以从中发现线索。

阿馨在沙漠中的四十号州际高速公路上奔驰，一路上车辆稀少，他很从容地在预定时间内抵达阿尔伯克基，然后从二十五号州际高速公路北上，再从州际公路前往罗斯阿拉墨斯，途中会经过洛斯曼住的温斯洛克小镇。

眼看着目的地快到了，阿馨把摩托车停在路边一处加油站，其实油缸里的油还很充足，他想问路。州际公路沿线的加油站几乎都兼卖杂货，不可能没有人在，经过这里后，说不定就遇不到人了。阿馨为了预防万一，还是将油缸加满。他拿着加油单进入店里，一个长着胡子的中年男人说了声“嗨”。

阿馨付了钱,询问中年男人如何前往温斯洛克。男人指向北边，简单说了句:“三英里。”

“知道了，谢谢。”

阿馨正准备走出去，却被那个人叫住了。

“你去那里有什么事吗？”中年男人眯着眼，嘴角往下弯，语气很不客气，不过看起来没有恶意。

“我一个老朋友可能住在那里。”阿馨不知道该怎么说，便很简短地回答。中年男人的嘴唇略微动了动，两手轻轻往上一抬，说了一句：“Nothing.”

“Nothing？”阿馨像鹦鹉一般重复对方的话，然后点了点头。中年男人默默望着阿馨，没再出声。

虽然中年男人说温斯洛克镇什么东西也没有，可是阿馨依然没有改变心意，他笑着说了声“谢谢”，就走出加油站，继续往北走。

为了看时间，他将戴着手表的左手抬离把手，不过皮手套遮住了手表，他用下巴顶开手套，飞快地看了一眼，又将视线投向正前方。在不经意的一瞥中，他看到前方茂密的沙漠植物对面，有一排树木沿着沙漠北边排列着，不留神就看不到。那排树木旁边有一条没有铺柏油的小路，阿馨在入口处停下车子，仔细观察这一带的环境。这条小路上大约每隔十米就有一根木头柱子，好几根柱子上垂挂着黑色电线，看来这些电线杆很久没有供过电了。不仔细看，便弄不清要从哪里进去。电线杆之间杂乱地生长着一些仙人掌，只能隐约看到昔日路径的痕迹。

阿馨心想，沿着电线杆前进，应该可以到达温斯洛克的聚居地，但从州际公路上完全看不到这个小镇。他往北边的地平线看去，这条小路越过一座小丘陵，在远处消失了。

“只要沿着电线杆来回，就不必担心回不到州际公路上。”阿馨喃喃地自言自语，将把手转到左边，骑向沙漠里。这是他来到美国后第一次奔驰在小路上。

3

这段路的高低起伏相当大，阿馨越过一段起伏较大的地形时，摩托车出乎意料地腾跃起来。他随着摩托车的跳跃抬高臀部，着地的时候用力控制抖动的车头和把手，利用身体的起伏让车保持稳定。一旦方向控制不当，很可能会连人带车滑倒。他非常谨慎地闪避地上的突起，继续在崎岖不平的小路上行驶。

过了这段路之后，出现了一段比较平坦的路，路旁有一排干枯的木头柱子，绵延不断地往前延伸。这条小路与成列的木头柱子，正是文明和原始之间的界线吧。

“啊！”阿馨突然发出低低的惊叫声。前方出现了一座小山，凹陷的山谷间有许多栋毁损的建筑物。不清楚这条小路和木头柱子是否一直绵延到聚居地，但很明显，这个聚居地曾经供给电力，也有电话线。木头柱子并没有延伸到聚居地，前方好像是尽头了。

阿馨在离山丘一百米时停下，坐在车上数了数前方共有几栋褐色的石造房子—— 一共有二十户。他没有把山谷对面看不到的地方算在内，那里即使有人家，想来也只有几十户。不知道最初定居在此地的人究竟有什么目的，是为了追求理想或什么东西才居住在沙漠中吗？看看这些房子的建筑材料就知道，很久以前这里就有人居住了，现在却连个人影都没有，从几百米外就能确定是一座废墟。

“Nothing.”

阿馨脑海中又冒出加油站那个中年男人的话。果然如他所说，这里什么东西都没有，只留下人类居住过的遗迹，静静等待腐朽，然后化为鬼域。太阳渐渐西斜，阿馨低头看了看手表，已经五点多了。必须趁着天色还没暗下来，赶快回到州际公路上，否则会赶不上在日落前投宿汽车旅馆。

阳光的热度稍减，气温也慢慢下降，阿馨开始对前方这座废墟感到恐惧。他十分不解，科内斯·洛斯曼这个具有最先进知识的科学家，为什么会住在这个人烟稀少的偏僻之地。

阿馨瞪着前面荒废的聚居地陷入沉思。现在折回去也太晚了，还白白浪费时间，干脆去探探情况。他重新发动车子，伴着嘈杂的引擎声奔驰而去。

往前没走多久，阿馨就看到一块看板上写着——“欢迎来到温斯洛克”。他觉得这真是个差劲的笑话。

距离越来越近，阿馨连那些房子墙壁上的纹路都看得很清楚。由于被风吹袭，许多沙砾填塞在崩塌的石壁的缝隙里，连停放在主要街道和小路上的几辆车子也被沙砾覆盖着。

温斯洛克这个荒废的聚居地也有兼营杂货的加油站。龟裂的水泥地板上放着一台加油机器，加油管子已从机台上拆下，放在街道上，黑色的管子如蛇般扭曲着身子。店家的窗户外钉着木板，玻璃碎片散落一地。阿馨以非常缓慢的速度通过主要的街道，扫视着两旁的每一间废弃的房子，看看是否有门牌之类的标识。

与周围的沙漠地区比较起来，这里的树木显得多一些。当初人们住在这里，很可能是因为这个地方有丰富的水源，这一点可以从枝叶茂盛的树木得到证实。这里的每一棵树都长得很茂盛，整齐地排列着。然而，当树叶随风摆动时，阿馨看到粗糙的树皮上有许多异常的凹凸。他不禁靠近观察，发现树皮上的凸起部分和树身的颜色不同，就好像人类被猛烈的阳光晒过后在皮肤上产生的黑斑一样。而且，翠绿色的叶脉上布满了土黄色斑点，表面看起来似乎没什么，但是一将表皮撕掉，便能看到遭受病毒侵蚀的痕迹。

阿馨曾在报纸上看过亚利桑那州的树木遭到“转移性人类癌病毒”侵蚀的照片,在那张照片中看不出树干上凸起的形状与颜色，没有具体了解。这里的情况和照片中的情形很相似，这些树木的癌变情形非常严重，应该不是最近才被感染的，而是经过多年才产生这些症状。

阿馨慌乱地四处张望：假如连植物的癌变情况都这么严重，真不敢想象人类和动物会遭受多大的影响。这里除了风声外没有其他声音，过分的寂静让他开始疑心有响尾蛇、毒蝎这类有毒生物潜伏在地底、石头的细缝，或是仙人掌和石块的影子下。他单脚跨在摩托车的踏板上，另一只脚则立在地上支撑身体和车子的重量。他知道自己脚上穿着皮靴，没有缝隙让那些异物跑进去，但身子还是忍不住发抖。

阿馨忽然觉得喉头有些干，但不想把双脚都踩在地上，更别说走到后座的置物箱拿矿泉水了。他极力忍着喉头的干渴，继续骑车往更深处前进，慢慢绕进聚居地深处。一路上看到的房子，有用石头堆砌而成的，也有用泥直接涂在墙上的……每间房子都有一个共同点：屋顶已经塌陷下来，从屋里抬起头就可以看到天空。

阿馨骑着摩托车进入一间废弃的屋子里，夕阳从坍塌的屋顶斜斜照下来，空气里的灰尘漂浮在光线中。这里的居民究竟去哪儿了？全部感染“转移性人类癌病毒”死去了吗？还是搬离这里，移居到了相对繁荣的地方？

“喂！”阿馨朝着屋子的阴暗处叫道。由于声音的振动，在光线中若隐若现的灰尘似乎也跟着晃动起来。在这间斑斑驳驳的古老的房子对面，有片类似广场的空地，几间房屋以那儿为中心并排着。阿馨把摩托车头对着来时的方向，让引擎继续发动，好在发生紧急状况时及时逃出去。他下了车，走向后座的袋子取出矿泉水，狠狠喝了好几口。

必须达成目的，拜访科内斯·洛斯曼的家，寻找他的踪迹！阿馨穿过这间废屋，往广场走去。

这座广场应该是温斯洛克居民共同拥有的，中央盖了一座西班牙风格的纪念碑，外围一圈栏杆。这座象征女性的纪念碑坐落在半圆形的温斯洛克小镇中心。纪念碑后方有个突起的洞穴，那是一口水井，也正是形成这个聚居地的最大原因。阿馨靠过去看向井底，顿时有股刺鼻的臭味冲上脑门，他勉强忍住恶心继续查看。

聚居地里的每个地方都干得化成了粉末，没想到井底居然还有水。井口上没有盖子，风一吹，井内就发出酷似风笛的鸣声。阿馨看到井边有一个黑色的块状物，有拳头般大小。他走近一瞧，竟是肚子朝天的老鼠尸体，而且不止一两只。他在广场四周找到十几只老鼠的尸体。

阿馨一边走，一边继续寻找老鼠的尸体。他看到广场的尽头有一棵癌变的树木，树下有很多黑点聚集在一起。黑点旁边有张长椅，椅子上坐着一个人，背对着夕阳拖出长长的黑影。阿馨悄悄接近那张长椅，在约十米开外停下来，定睛一看，那其实是一具尸体，一具男尸。

这具无名男尸靠着椅背坐着，两膝大开，双手无力地下垂，下巴垂下几根长长的胡须，手和脖子上戴着金铃铛锁链，在夕阳中反射出冰冷的光辉。阿馨惶恐地慢慢接近他，从下往上观察他的脸部特征。他有一张和科内斯·洛斯曼相同的细长脸，特别是胡子部分，曾被阿馨形容为山羊胡。而且，尸体的手上和脖子上也有洛斯曼经常戴的金铃铛锁链，这具尸体应该是洛斯曼。

假如这具男尸真是科内斯·洛斯曼，那他和阿馨的渊源可就深了。五年前，他到日本来发表学术研究论文的时候，曾经在阿馨的家里住过几天。想来他是感染“转移性人类癌病毒”之后，没有接受化疗，而在家里接受了天命的安排。

阿馨感伤地看了看周围，有个东西赫然吸引了他的目光。前面不远的山坡种满耐旱植物，一朵手掌大的花在随风摆动的枝叶间忽隐忽现。这棵正在开花的树，虽然树干很细，但是枝叶非常茂盛，叶子翠绿，展现出惊人的生命力。山坡上的植物几乎都癌变了，树叶上长着丑陋的土黄色斑点，唯有那棵树保持原来的色泽，下垂的枝叶前端长出了薄瓣的粉红色花朵。

植物分为无性生殖和有性生殖两大类，这附近的植物看起来都属于无性生殖，而会开花的树即是有性生殖的象征。无性生殖的植物会因为某个缘故转变为有性生殖，历经第一次开花之后，便会急速老化，然后枯萎而死，可以说它是用死来交换开花的快乐。

阿馨想摘下那朵花，供奉在科内斯·洛斯曼的尸体前。

无性生殖的植物只要拥有良好的环境，就可以永远存活下来。莫哈维沙漠里的植物已经靠着无性生殖生存了一万年以上。这与癌细胞相同，只要环境许可，它会永远在细菌培养皿中存活。不过，从今天的情况来说，这棵无性生殖的树木选择了转变成有性生殖，一旦开过花，不久就会随着自然的变化走向死亡。

生命经常得面临二选一的情况，是选择一生只开一次花就凋零而死，还是不开花而永生的癌变的生命？阿馨不禁自问该选择哪一种人生，是充满光辉的耀眼人生，还是永远持续下去的无聊人生呢？

他当然是选择会开花的短暂人生！

4

阿馨摘下花朵之后，在走下山坡的途中，看到几栋相连的废弃房屋的顶上赫然射出一道锐利的光芒。这些屋顶大都用石块建造而成，应该没有可以反射光线的东西。阿馨将眼睛眯成细线寻找光源，发现在一处崩塌的红砖屋顶上有块切割成长方形、外沿包裹着金属的黑色板子，它反射着夕阳的光辉，闪烁着异样的光芒。

这块黑色板子和废弃屋顶的组合感觉分外奇异。远离繁华的偏僻村落中居然出现这种科技产物，让人觉得很不寻常。这块黑色板子是太阳能供电系统，足以供应一个家庭所需的电力。如果每个家庭都具备这套太阳能系统，就不必沿路设置电线杆。可是阿馨无论怎么找，都没有发现其他屋顶上有相同的设备，只有这一户安装了这套系统。如果这是洛斯曼为了研究，将太阳能板架设在自家屋顶上……

阿馨把花朵放在洛斯曼的膝盖上，然后从房子间隙中穿梭而过，寻找装设太阳能系统的房屋。之前他已经在山坡上算好方位，然而一走进村落，又如同走在迷宫当中，左转右转失去了方向。

风在墙壁的间隙中来回穿梭，发出类似笛子的尖锐声音，在阿馨的脚边卷起小小的旋风。就在这时，他似乎听到风声中掺杂着美国歌曲和鸟叫声，以及树枝的摩擦声。他定下心来竖耳倾听，这是一个男人发出的低沉声音，忽远忽近，很不稳定。有时，它好像是从遥远的地方传来的，但有时，又似乎有人正在你的耳边低语。声音随着风在墙壁的空隙间钻来钻去，忽左忽右，让人搞不清出处。

阿馨专心倾听，渐渐听清了声音的来源。他循着声源穿过倾颓的墙壁，一步步走进一间废屋中。

倾倒的墙壁包围的二十平方米的空间里，漂浮着一股自然界不可能产生的人工气息。房间角落里放着一张铁管床，有几根弹簧从床垫里凸出来，床边放了一个看起来很坚固的木制餐具柜，旁边还有一张收起来的沙滩椅。由于地板倾斜的缘故，一些日常用品和家具也跟着倾倒。电灯斜倒在地上，一只年代久远的皮箱歪歪斜斜地立在餐具柜旁，手工钉制的柜子也倒在地板上，底下还压着几本厚厚的书。房间里的每样物品都以某种微妙的平衡摆放着，只要将柜子上的一片板子抽下，或是将靠在皮箱旁的餐具柜移开几厘米，整屋的家具很可能会像骨牌般立刻应声倒下。

突然间，不知道从哪里传来一阵男人沙哑的说话声，伴着鲜活的喘息声在阿馨耳旁倾诉，吓得他立刻跳起来，飞快地往后退，睁大眼睛来回巡视四周。这房间里半个人都没有，声音又听不见了，接下来是某种断断续续的沙沙声。阿馨把视线投向餐具柜和墙壁的缝隙间，看到中间夹着一条电线，才察觉这奇怪的声音很可能是收音机接触不良造成的。

阿馨弯下腰捡起电线，分别往前后左右各个方向移动，噪音立刻停止，男人的沙哑声音变得十分清晰，还伴随着忧伤的吉他声。他仔细一听，确定这是收音机里的节目，那个男人好像在唱老式蓝调情歌，配合吉他的伴奏，将情感融入歌词中。

原来刚才听到的声音出自这里。可是，电线为什么会一直插在插座上？这间废屋应该不会由电线杆供电，或许是由屋顶上的太阳能系统供给电力吧？阿馨循着电线找到收音机，顺手调整声音大小。

没错，一定是太阳能发电系统从某个地方将电力传送到这里来。应该上前看看！阿馨不断激励自己去解开这道谜题，他刻意想起这个家的屋顶上装着近代科学产物，好减少对温斯洛克这个荒废小镇的恐惧，心中也慢慢地涌现出勇气。

他瞪着墙壁上的一扇门看了许久，然后伸出手轻轻扭动门把，毫不费力便打开了。这好像是通往地下室的入口，里面一片漆黑，只有地下室大门的缝隙露出微微的光。地下室的电灯是亮着的。难道里面的灯也和收音机一样，都是洛斯曼外出时忘记关掉的吗？阿馨沿着台阶的边缘往下窥探，他觉得自己好像被一种无形的东西牵引着，一步步沿着楼梯往地下室走去。

他站在通往地下室的大门前面，竖起耳朵靠近门边，倾听是否有声音传出。里面没有任何声音，从门缝中漏出来的光线比想象中还要微弱。他习惯性地敲敲门，才恍然觉得自己有些愚蠢，便深吸一口气，转动门把。

一踏进门内，先看到天花板上吊着荧光灯，在黑暗的地下室发出微弱的光线，还有某种特殊的光线从房间中央散发出来。这是一间非常宽广的地下室，房间中央有一组计算机设备，计算机屏幕发出闪烁的光芒，旁边放着档案资料柜。

阿馨巡视着室内所有设备，走向计算机。他看到屏幕旁边放着一顶类似安全帽的东西，里外都用电线和许多电子仪器连接，看起来很像是头套型的屏幕。小时候，阿馨曾经用这种头套型屏幕玩虚拟实境的计算机游戏，他一见到这个东西，有种格外怀念的心情。

头套型屏幕的旁边还有用电线连接的数据手套，阿馨没有多加理会，直接站到计算机屏幕前面。屏幕上立刻出现一行文字。

“W · e · l · c · o · m · e.”

阿馨忍着胸中的激动，在屏幕前的椅子上坐了下来，过了几秒钟，才慢慢地把胳膊肘靠在椅子的扶手上。他深深吸了一口气，开始对着计算机说话：“你是什么人？”

计算机没有回答，屏幕上开始播放一些风景。那是一片高低起伏的荒漠，强风呼呼地吹袭。屏幕上的画面不停移动，使观看者有种身临其境的感受，好像真的来到了沙漠。然后，慢慢浮现出一处聚居地的全貌，这幅景象让阿馨有种似曾相识的感觉。

阿馨没多久便察觉到屏幕上的聚居地正是温斯洛克，外观和现在不太一样。聚居地的规模更小，只有几栋住宅。他认出聚居地后方的山脊形状和刚才看到的一模一样。这个影像到底存在于哪个年代呢？一百年前？或是更久以前？画面中看不到任何人，只流露出浓浓的西部风情。这怎么看也不像计算机合成的画面，是电影情节吗？还是一部纪录片？可是，一部超过百年的影片不可能还保存得这么清晰、鲜明。就算用特殊技术处理过，重现温斯洛克过去的居住环境，也未免过于逼真了。

突然间，阿馨听到背后一阵马蹄声奔腾而来。他吓了一跳，赶忙回过头去，只见墙壁上有喇叭装置。为什么屏幕是二维空间，而声音则是立体的环绕式音响？阿馨看到旁边的头套型屏幕和数据手套，终于恍然大悟：进入三维空间，需要戴上这顶头套型屏幕和手套。

他戴上头套型屏幕和数据手套，大脑中马上显现出三百六十度宽屏的风景。原本从背后迫近的马蹄声，也在脑中轰然作响，甚至可以感受到大地的震动，非常有现场感。他脚上虽然穿着长靴，却有种被仙人掌刺到的疼痛感，耳边净是人们的呼喊声，还有股温热的风轻拂过脖子，让他感到喉咙十分干渴，汗也如雨般落下。

阿馨觉得自己好像被数以万计的人追赶着，他拼命往前跑。在好奇心的驱使下，他回头往后望去，看到几十个头上插着羽毛饰物的印第安人骑着马，背对着太阳朝他追来。照这样下去，他一定会被踩扁。

阿馨离开印第安人的路径，改往横向逃跑。这一瞬间，有只强壮的手腕从他的腋下穿过去，一下子把他拉上马背。这种感觉非常真实，好像真有一只手插入他的腋下。他感觉汗水和泥土的味道强烈地刺激着鼻子，接着就被那只厚实的手腕抱起，然后他发现，自己的双腿不知什么时候已经跨到马背上。

阿馨不断对自己说，这是在做梦，并不是真实的情景。然而，当他害怕从马背上摔出去而紧紧抓住前面的印第安人，将头贴在那个印第安人魁梧的背上时，有件东西从印第安人的肩膀上垂落下来，阿馨的眼前顿时出现几块头皮，其中一块头皮还很新鲜，附着的皮肤已经被晒干，一股血腥味直往阿馨的鼻头冲去。阿馨不禁感到眼前一片漆黑，无力地将头后仰，仅靠本能让身体保持平衡，不至于摔下马背。

现实和非现实的界线，就从这一刻开始崩溃。

5

阿馨无法估计在马上晃动的时间到底有多长，说几分钟或几十分钟好像都很合理。

他跟着这一行印第安人走到谷底的河边，河川在深险的峡谷中蜿蜒流淌，水势比想象中的还要大。他们从溪谷上方往下看，这条河流看起来很细，没想到竟有如此丰沛的水量。虽然河水呈现浑浊的茶褐色，但在这片干燥的大地上，清凉的水流缓解了众人紧张疲惫的心情。阿馨也开始产生团队意识，认同自己为其中的一分子。

大家沿着河边走，不时溅起水花，最后在谷底找到一处比较宽阔的地方，停下来休息。这时，有几个印第安人模仿野兽的叫声，仰起头大声喊叫。其他的印第安人则分为两支小队，担任岗哨，睁大眼睛盯着河川的上游和下游，留意后面是否有人追来，是否有人埋伏在这里。

时间一分一秒过去，阳光的热度慢慢增加，毫不留情地燃烧整个大地，阿馨感觉脚底传来阵阵灼热。突然，谷底周围的树木开始摇动，从树丛和岩石的阴影中出现了三五成群的人影，都是印第安女人、小孩和老人。和马背上的这些印第安男人相比，女人和孩子的数目显然多了很多。

起初，女人们非常畏缩，带着害怕的表情慢慢接近阿馨一行，她们脸上交杂着期待和紧张、高兴和恐惧的矛盾神情，一个个审视马背上的印第安男人，找到想寻找的面孔时，马上发出悲泣声，奔上前去，印第安男人也随着她们的叫声从马上跳下来，紧紧抱住她们，确定彼此都平安无事。女人们的叫声不论哪一种听来都像在哭泣，不过仔细一听，还是可以分成两类：一种是喜极而泣，另一种是因悲伤而哭泣。找不到想找的男人时，有些女人当场双膝跪地，趴在地上，用双拳捶打着大地，口中喃喃发出诅咒声。还有些女人抱着年幼的孩子仰望天空，或是牵着身旁老人的手，无力地跪倒在地上。

阿馨瞬间领悟了这些人的背景，这个印第安部落以附近的谷地作为居住点，之前曾经招募战士外出作战。

当他们从这里出发的时候，究竟有多少战士呢？现场大约有一半的女人低着头悲叹，那么至少有两倍以上的人赴战场作战。可是，只有一半的战士回来，那些没有回来的人，除了“死亡”之外，没有第二个原因。阿馨以旁观者的心态观看所有的人。他身处这个部落之中，却找不到归属感，这让他心情恶劣。

突然间，他被身前的印第安男人用力抓起，轻轻放在地上。一个泪流满面的女人跑过来。她那种认真的神情让阿馨搞不清自己到底是哪个世界里的人。同时，有个十岁左右的男孩跑来抱住阿馨的腰，他仿佛霎时被扔进感情的旋涡中，思绪完全混乱了。

女人胸前抱着一个刚出生的婴孩，她容貌秀丽，额头很宽，长长的头发在背后编成辫子。她热烈地抱住阿馨，顿时有股浓烈的感情随着亲密的肢体接触向阿馨压过来，让他快不能呼吸了。阿馨自然地接受她的拥抱，勉强压抑想环抱住她的冲动。他将眼前的女人与礼子的影像重叠，她们两个头发的长度和发型不一样，脸部轮廓倒是十分相像，尤其是那双大眼睛和有点下垂的眼尾特别相似。或许是阿馨的情欲在作祟，才会觉得她和礼子很像。他将渴望见到礼子的心情化为了对眼前女子的拥抱。

他们紧紧相拥，几乎快把怀中的婴儿挤扁了。阿馨碰到女人的手臂和肌肤，便能感受到这个女人的心情。他确定自己已经和这个女人结婚了，而抱住他的腰不放的男孩就是长子，至于胸前这个正在号啕大哭的婴儿，则是刚出生的女儿。

他对自己和这个女人的生活有模糊的印象，开始追溯自己的成长过程，甚至连以往的一些情景也都浮现在眼前。他感觉心头有股强烈的怨恨，那是因父亲被敌人所杀而产生的，这些感情全都囤积在身体深处。

和这个时代相关的信息源源不断地涌进阿馨的脑海中，眼前这个和他拥抱的女人，与他并不是同一个部族的人，阿馨是她的第二任丈夫，她的前夫在遥远的河川上游被白人士兵严刑拷打至死。女人的身体内也囤积着前夫被杀的怨恨，以及想报复的念头。而抱住阿馨不放的男孩，其实是这个女人和前夫所生，和阿馨有血缘关系的只是年老的母亲和出生不久的小女婴。

我是不是将现实生活投射在了假想空间里？这个疑问不停地在阿馨的心里翻搅，他觉得自己和这个女人比和礼子还要亲近。而紧抱着他的男孩也表现出对他的依赖，阿馨不由得把他和亮次比较起来。唯一不同的是亮次死了，他从医院的紧急逃生窗口跳下去，躺在水泥地上的血泊中，到了另一个世界。

阿馨留下一半自我意识，另一半则随着这个世界的气氛，进入一场未知的新体验。

阿馨跟着这群印第安人一起生活，在平坦的山坡上搭建帐篷，和妻子、小孩、老母亲住在一起。他不知道过了多久，有时觉得好像过了好几年，有时觉得只不过是一瞬间。不过，他能实际感受到一天的漫长。刚见面时还是婴儿的女儿，如今已经能摇摇晃晃地走路；而并非亲生的男孩，离成长为战士的阶段还很遥远，小男孩的拉弓姿势曾经是众人的笑柄。

阿馨渐渐习惯这个身体，他在河岸边弯下身体，看到水中的倒影时，总觉得水里的那张脸和自己原本的脸有点像，却又不是很相似。褐色的肌肤、宽大的肩膀、肩膀上的刺青……都令他觉得陌生。阿馨常用手抚摸身体的各个部位体验那种真实感，只有脸的轮廓因为水的晃动一直无法看清。

这段日子以来，他和妻子不知拥抱了多少次，亲密感也渐渐增加，连女儿眼中原本不信任的眼神也消失了。

这个部族经常四处移动，不会长久居住在同一个地方。他们从东边走到南边，一直受不同肤色种族的压迫，最后只剩下西边可以选择。领导者的判断和部族的命运息息相关，他除了确保水和食物的充足，也要格外注意敌人的动态，一旦判断错误，整个部族就会面临灭亡。族人对这次的迁徙有不同意见，整个部族因此濒临分裂。这时，一则从上古时候遗留下来的古老传说，将众人引导到同一个方向。

在巨大山脉的南边有座山谷，河流在这里分别注入西边和东边的海洋，只要朝这个方向寻找，就可以到达这个从来没有人来过的地方……

这里有个拥抱着湖泊的巨大洞穴，受到伟大精灵的保护，没有外来力量的胁迫，是个可以永远居住的地方。

大家受到这则传说的影响，决定前往西边寻找这个传说中的洞穴。不过，这个部族超过两百人，不能说迁移就迁移。要先派遣身手灵活的探子刺探前方的情形，确定没有敌人才能带队前进。另外还须随时狩猎，找寻食物。当夜晚来临时，大家找一处适当的场所架起帐篷，围在火堆旁边，将白天猎到的食物拿出来供全家人食用。可是，大家都无法吃饱，更没有多余的肉可以熏制保存起来，因此经常发生食物不足的问题。寻找水源是另外一个重要问题，他们常常利用小溪清洗身体和衣物，至于饮用水，就得往更上游的地方去找。发现水的人往往都会受到大家的敬佩。

他们一路行经许多地方，只要再翻越两座山头就可以到达传说中的洞穴。

这天，众人在森林里扎营，待养足精神后，再一鼓作气到达目的地。就在这时，族里传来小孩子发现水源的消息。听说好几个小孩在森林中玩耍的时候，看到山脊的岩石上有一道小水流。大人纷纷拿着容器往小孩说的地方去，阿馨也在其中。他每走一段路就会停下来,注意周围的环境和情况。他目测一下上山的人数，前面有三个人，后面是四个人，包括他在内共八个人。后面的四个都是女人，阿馨的妻子和女儿也都在里面；前面的三个人都是小孩子，阿馨那个一直想建功的儿子不知什么时候混入了队伍之中。这一家人只留下老母亲待在营区没有跟上来。

小孩们说的话果然不假，眼前这块大石头上有一道细细的水流。可是太细了，得花很多时间才能装满容器。

阿馨想走到上游去寻找更大的水源，身后的草丛中突然发出沙沙的声响，出现一群和他们脸型、肤色都不相同的男人，走在前头的都穿蓝色衣服，大多数人的衣服都破破烂烂，他们将上衣脱下来缠在腰际，只穿着白色内衣。后面有好几个男人穿着黑上衣和皮革裤子。大约有十几个人，他们看起来像是流窜的士兵，为了寻找水源而迷失在山中，好几个人的白衣上还沾着血，有几个人拿着水桶，其他人则拿着手枪。

两队人马对峙了一会儿，都露出惊讶的神情。对方的队伍里不时传来窃窃私语，阿馨不知道他们在说什么，只感觉空气中充满紧张凝重的气氛。没有时间再犹豫了，自己这边都是女人和小孩，根本无法战斗。只过了两三秒钟，可是似乎已过了好一会儿，如果对方有战斗的意思，己方必须赶快逃走；如果没有，尽早离开不刺激他们才是上策。

突然间，三名士兵一面大叫，一面往山下冲去，就像打暗号一般，马上有几个士兵绕到孩子前面挡住去路。对方似乎不打算开枪，他们大吼大叫，是为了使下面的总队注意，有所警戒。那么阿馨这群人几乎没有存活的希望，这些士兵想杀光所有人。

阿馨立即看向妻子，刚好看到几个士兵正拿起石头砸儿子的头，儿子一动也不动地趴在地上。小孩子们被粗壮的手臂捂住嘴巴，连喊都没喊一声，脑浆就飞溅在地面上。灰色的岩石上沾满了鲜血，有如计算机影像合成的红色蔷薇，在瞬间开花。

冷不防地，阿馨感到脚踝传来剧烈的疼痛，他的脚骨被打断了，一时失去平衡倒在岩石上，侧腹重重撞上石头。

阿馨伸出手想拉住妻子，可是三个女人很快就被士兵抓起来，往山下浓密的草丛中走去。他用剩余的力气想撑起上半身，可是被几个士兵压住，他们猛扯着他的头发，让他无法动弹。此时，他听到旁边发出撞击的声响，循声看去，一个士兵抓起他女儿可爱小巧的身体，将她的头往岩石上猛撞。

阿馨使尽全力想站起来，保护奄奄一息的女儿，奈何身体就是不听使唤。他知道自己必死无疑，没有多余的时间去感觉恐惧，只是无法忍受眼睁睁看着这群人对亲人施加残酷的暴行。

那个士兵再次抓起小女孩的身体，用力撞向同一块岩石。小女孩软绵绵的身体被随手丢弃在那儿。这个士兵杀死小女孩之后，好像发现了有趣的事情，于是走进草丛里。他一面走着，一面在白色内衣上擦拭手腕，衣服上现在不仅有血迹，还留下了细碎的血肉。

阿馨听到妻子的声音断断续续地传过来，他知道妻子就在附近，但无论怎样移动视线也无法看到她，只能看到好几个士兵或站或蹲地围在她身边。

抓住阿馨头发的换成了另一只手，用更强的力量将他往后拉扯，他的喉咙暴晒在太阳下。阳光下，有一道锐利的光芒从右向左闪过。随即，阿馨的喉咙深处发出“咔啦”一声响，有股热热的黏液从胸口上方流下来，他的头无力地往一旁垂下。

他觉得阳光的颜色顿时改变，渐渐变暗。背景也慢慢变黑，红色的太阳不久也变成黑色，他看不见任何东西，只剩下听觉。他可以听到妻子微弱的声音，那不是痛苦的喘息声，而是一种凄厉的笑声，这是他在丧失意识前最后听到的声音。

然后，死神同时造访他和他所爱的妻子。

6

阿馨软绵绵地靠在椅背上，外表看来，他陷入虚脱的状态，可是对他而言,那就是“死亡”,他现在和失去灵魂的躯壳没有两样。阿馨体验到人在死去的瞬间，虽然心脏停止跳动，脑部还在继续活动，之后才缓慢到达脑死状态，刹那间，时间和空间都消失无踪。

黑暗中忽然传来一个声音：“喂，起来。”这是个强有力的男人的声音，颇有震撼效果。“到这里来。”

阿馨突然一抖，马上从椅子上跳起来。他用力地深呼吸，尽量伸直身体，仿佛溺水的人为了得到空气将头竭力伸出水面。他摘下头套型屏幕，粗暴地扔在桌上，接着脱下数据手套，同样往桌上扔去。

阿馨觉得心脏好像被人紧紧揪住，他靠在椅背上，呼吸才渐渐顺畅起来。他的意识已经回到现实世界，但是刚才的记忆依然十分鲜明地留在脑海里。

他忽然察觉自己在流眼泪，一时分不清是因为悲伤还是痛苦，许多用言语无法表达的情绪一股脑儿涌上来。他趴在桌上失声痛哭，拼命告诉自己这不是真的。他一边哭泣一边看手表，才过了短短的几十分钟。他不知道刚才经历的假想世界出自何人之手，但他在那个世界中经历了另一段非常真实的人生。他和一个女人相爱，生下子女，为了部族不惜战斗至死。没想到最后心爱的人竟死在自己眼前，他也同时走向死亡。

“莱琪……”阿馨叫出已经十分熟悉的名字。他们俩在河里互相清洗身体时，肌肤相触的亲密感还鲜活地留在脑海中。

“科琪斯。”这是阿馨女儿的名字。从她出生到学会走路的这一段时间，阿馨时常把她抱在胸前或背在背上，翻越过不计其数的山峰。

他深深记住妻子和女儿的名字，却不知道自己的名字；他能清楚地回忆起妻子和女儿的面孔，却对自己的面孔没什么记忆，连死亡那一瞬间面临的痛苦也记不得多少，大脑中都是和心爱的人有关的记忆。

阿馨摇摇晃晃地站起来，用力用肩膀撞墙，一阵阵疼痛传遍全身。他为了抹去胸中那股莫名的痛楚，故意弄伤自己来转移注意力。

“我必须分析这件事背后的含义。”阿馨一再告诉自己要冷静，混沌的脑子渐渐回复了一点理性。

刚才的经历和观赏电影不同，在假想空间中，必须要将全副身心完全投入其中。以现在的科技而言，要有多大的规模才可以构筑这样的假想空间？难道这和“环”计划有关？这个假想空间是不是“环”计划的一部分？

只要在头套型屏幕上设定好时间和空间，任何人都可以利用“环”计划参与任何一个历史场面。坐在这台计算机前，戴上头套型屏幕和数据手套，就可以感受到某个特定人物的视觉和听觉，参与他的人生，成为“环界”的神。在“环界”中一直重复上演着生与死，拥有各式各样的历史场面，这些都需要庞大的影像内存。阿馨想调出“环”计划所有的内存来仔细观看和研究。

阿馨在脑中仔细推敲，刚才体验的假想世界究竟是否属于“环”计划的一部分。他认为“环界”中的生命同样是从初期的DNA进化到活生生的肉体，和一般冷冰冰的计算机影像截然不同。不过，他知道这个认知有失偏颇，他和假想世界中的人物有过亲密接触，产生了感情，因此才认定他们并不是计算机创造出来的影像。

他在假想空间中经历过死亡和分离的痛苦，因而暗下决定，不想再失去心爱的人。现实世界中的死别一定比假想世界中的更加痛苦，这种经历他不想再有第二次，所以必须找出攻克“转移性人类癌病毒”的方法。

看到假想世界之后，他开始产生强烈的动摇。他相信假想世界和现实世界绝对息息相关，就像“环界”产生癌变，同时给现实世界带来“转移性人类癌病毒”一样。

为什么会把这台计算机放在这个房间里？其中有什么含义吗？难道是有人预料到我要来这里，特地留下这套复杂的计算机系统给我？假如这是科内斯·洛斯曼留下来的，他或许也在这里面留下了线索。

真知子曾经对阿馨讲过北美印第安人的民间传说，并且提到塔利基特族“由战士引导前往西方”的传说。在假想空间中，阿馨的族人也有一则从远古时代流传下来的传说：在落基山脉南边的山谷，有个伟大的精灵负责看守某个洞穴，这个洞穴就是他们能永远生存的地方。众人正依照这个传说往西边前进。阿馨的脑海里还清楚地刻印着走过的路线。但还没有抵达目的地，妻子、女儿、儿子和他自己便意外死亡。

我该重新走一次这条路！

阿馨做了决定。他要先做一件事：利用卫星通讯线路与日本取得联络，对象是计算机研究所里的天野。阿馨用通讯线路连接了天野的计算机，输入一个指令：“请准备高山和浅川的相关影像，尽快传送到这里。”他在出发之前，曾经向天野提出这个要求。

“环界”和现实世界同样具有庞大的规模，里头有好几十亿生命体，上演着各式各样的人生，形成了一部部民族历史，因此内存容量非常庞大。想从里面挑选出癌变前后的记录是非常复杂的工作。但只要将那一部分的内存拿到手，像刚才一样戴上头套型屏幕和数据手套，就可以身临其境地仔细调查。阿馨打算锁定“环界”中的特定人物，解开“环界”癌变的谜团。

阿馨在等待天野传送资料的这段时间，很想听听礼子的声音。现在日本是几点？日本和美国时差有八个小时，应该是早上九点，礼子起床了吗？他在假想空间中体验到爱人死亡的悲伤，因此格外想念礼子，很想知道礼子究竟过得好不好。

阿馨按下礼子的电话号码，电话响到第七次才接起来，话筒里传来一个疲倦的声音：“喂？”

听到礼子的声音，一种无法形容的安心感立刻从心底升上来，他仿佛一个溺水的人终于登上陆地。“是我。”

礼子很快收起疲倦的声音，振奋起精神问：“啊！阿馨，是你吗？你在哪里？你还好吗？”一串连珠炮似的疑问朝着他射过来，礼子的担心表露无遗，他觉得很高兴。

“我很好，安心等我回来。”阿馨再三叮咛，便挂断电话。

7

阿馨躺在破破烂烂的铁床上打盹，等待天野的消息。

关于“环界”的癌变，他已经调查过几次，可那是二十年前的事，当时“转移性人类癌病毒”还没有明显的活动。等到“环界”癌变之后，人们才确认“转移性人类癌病毒”的存在，最近还发现除了人类以外，动物和植物也会遭到感染。而构成“转移性人类癌病毒”的9个遗传因子碱基数，全部是2的N次方乘以3，这个奇妙的巧合似乎暗示“转移性人类癌病毒”和用二进制计算的电脑有某种关联。

突然间，阿馨从铁床上爬起来，迅速坐到桌子前面，计算机屏幕上传来天野的几个指示。他照指示按下按键，接下来静静等待“环”计划的内存和这里的计算机互相连接。

“啊！连接完成了。”阿馨努力克服恐惧，戴上头套型屏幕和数据手套。

计算机传送过来的年代是环年 1990 年夏天以后，通过某个人的眼睛和耳朵感受到的风景和发生的事件。例如，输入“环年 1990 年 10 月 4 日 14 点 39 分、北纬 35°41′、东经 139°46′”的时间和空间，就可以马上得到该地的影像。

在固定地点只移动时间的话，可以翻阅该地的年代记录，还可以使用望远镜指定更精密的地点。假设输入“银座四丁目”，就可以看到这一处地点任何时代的情景。

观察者拥有三百六十度的宽广视野，能随意将视线插入街道上来来往往的行人之间，如同幽灵一般来回巡视，掌握那个世界发生的每一件事。而且，被观察者感觉不到观察者的存在。除了时间和空间之外，观察者也可以体验“环界”中某个人物的感觉，将自己和假想空间中的人物互相重叠，拥有假想人物的视觉和听觉。

阿馨打算通过“环界”癌变过程中几个关键人物的眼睛，来看看事件的原因，尤其要亲身体验“高山”这个人的过往。他非常好奇高山到底过着什么样的人生，然而也害怕在这个过程中再次遭遇令人心痛的场面。他犹豫了好半晌，才鼓起勇气操作计算机，让程序开始运作，进入“环”计划的内存中。

现在的场景是在闹市区的一家餐饮店内，窗外不时射进五光十色的霓虹灯影，阿馨锁定的男人——高山，正和一个男人相对而坐。对面的人是高山的朋友浅川，他的脸色非常憔悴，因为他昨天晚上看了一盘令人胆战心惊的录像带。于是，他把高山叫到这家餐饮店，请高山想对策解救他的性命。可能是恐惧的缘故，浅川在叙述的时候，经常将前后关系弄颠倒，高山只好重新在大脑中整理一番。

浅川的不幸是从坐上一辆出租车开始的，爱讲话的出租车司机说，在某个十字路口发生了一起怪异的摩托车事故：当时，司机停在红灯前，看到旁边的摩托车突然倒下来，骑手一脸痛苦地想拿下安全帽，可是没多久就断气了，死因是心肌梗塞……司机用兴奋的口吻述说着恐怖的经历，记者的本能让浅川从这起事件里嗅到不寻常的味道，于是着手进行调查，人生却从此完全脱轨。

浅川调查摩托车骑手猝死的原因时，发现在同样的时间、不同的场所，有四名年轻人也因为相同的症状猝死，其中一个女孩正是他的外甥女，这强烈地激起他的好奇心。他觉得这件事中必有蹊跷，这四名男女同时死于相同症状的几率非常低，因此他大胆地下了一个判断，开始调查这四名男女的共同点。

浅川查到这四名男女互相认识，在死前一星期曾一起去太平洋休闲俱乐部的别墅小木屋投宿。他马上赶到那间别墅小木屋，想找寻那些人死亡的原因。

起初，浅川将死因归为受到病毒侵袭，他假设这四人在小木屋中感染了病毒，在一个星期后同样面临死亡的命运，没想到并没有找到任何病菌，却在小木屋里发现了一盘录像带。

高山听到这里，笑着对浅川说："先让我看看那盘带子吧。"

浅川马上一脸生气的表情，努力压抑住怒气，从齿缝间挤出声音："我不是跟你说了吗？看了会有生命危险啊！"

高山从玻璃杯里拿出一块冰块放在嘴里咬着，仿佛把浅川当成傻瓜。

结果，高山还是来到浅川的住处，观看那盘从小木屋带回来的录像带。高山坐在客厅里，专心地看着，录像带内的影像通过他的视觉传到阿馨的脑中。它们没有什么关联性，只是片段的影像组合而成。从火山的画面开始，到刚刚出生的婴儿……一个个画面不停变换着，虽然并不连续，却在高山的脑海中留下深刻的印象。这些画面既不是计算机合成的影像，也不是摄影机拍下来的，而是利用其他方法制作出来的。

不久，画面上出现一个不知名的男人的面孔，镜头给了他一个由下往上的仰角的大特写。镜头从他的肩膀往上升高，可以看到他的肩头正在滴血，接着画面上出现一张因疼痛而扭曲的男人的脸。这张脸马上消失，又出现许多不同的影像，整个视野忽然变得狭小，切割成一个个圆圆的小东西，然后拳头般大小的黑块不停地掉下来，好像打到什么东西般发出沉闷的声响。阿馨的身体突然疼起来。屏幕上的视野渐渐变窄，不久就被黑暗团团包围。

当录像带快要结束时，屏幕上出现一排文字，这些字是用笔书写的，字体大小不一、歪歪斜斜，内容如下：

看过这部录像的人在一个星期后的这个时间会面临死亡。如果不想死，从现在起就依照下面说的去做……

接着画面切换到性质完全不同的影像上：远方的夜空绽放着

烟火，一个穿浴衣的女人享受着夏天的夜晚……之前那种令人生惧的阴暗影像居然被一个蚊香广告给打断了。过了几秒钟，发出一连串的杂音之后，录像带就停住了，阿馨和高山同时抬起头。高山在大脑中将所有的内容整理一遍，找出其中的重点和脉络。

四名男女同时原因不明地死亡，他们一定看过这盘录像带，才会如录像带中预言的一般刚好在一周后身亡。录像带中的“死亡预言”是真实的，然而，记载的避免死亡的方法却被删掉了，这样一来，根本没有解救方法。

浅川看过录像带后十分绝望，他害怕自己的生命会在一周后结束。然而高山非但不觉得可怕，反而认为拿死来当参加这场游戏的赌注，让人非常兴奋，他不知不觉哼起歌来。

阿馨没想到自己选定的高山居然是个如此大胆豪放的人物。他暂时离开高山的意识，让头脑冷静一下，分析“环界”中的情形：“环界”中的生命体是由人工生命繁殖而成，应该不会有这种让观看者在一周后死亡的录像带。不过，要是有人或病毒从现实世界侵入，这种录像带很容易制作出来，如果把侵入者当成计算机病毒，就更好解释了。

阿馨带着疑问继续锁定高山。高山要求浅川复制一盘录像带给他，之后，他们经常聚在一起讨论，分析事情的真相，并且分头调查。其间浅川的妻子和女儿也不经意地看到了录像带。浅川不仅要解救自己，也必须为拯救妻子和女儿努力奔走。

高山先从找出影像是用何种方法拍摄的方面着手，他和浅川一边收集资料，一边进行推理，结论却和事先预测的完全相反。

录像带内的影像并不是用摄影机拍摄的，而是某人利用超能力直接“拍”下影像。刚好别墅小木屋内的客人要录下电视节目，将一盘空白录像带放入录像机里，却意外录进这段影像。阿馨有些惊讶，因为“环界”是个封闭的世界，依照它内部的物理法则，绝不可能发生这种事。

高山和浅川开始四处寻访，调查这个拥有特异功能的人究竟是谁。他们运用了各式各样的方法收集资料，终于查出这个人的名字——山村贞子。他们只知道这是个女人，其他一概不知，于是决定去实地收集资料，结伴拜访“山村贞子”的出生地——伊豆大岛。结果，他们确定山村贞子具有超能力。她高中毕业后转往大都市发展，但之后好像从世界上消失了，完全查不到消息。

高山换了个角度思考，为什么会在小木屋中录到那些影像？他们转而调查休闲俱乐部这块地以前有过什么样的建筑，赫然发现那里曾是肺结核疗养所，也获知当时疗养所的一位医生尚在人世，在热海开了一家综合医院。

高山和浅川马不停蹄地赶往热海，一看到那个医生的脸，连阿馨也吓了一跳。他就是在录像带的结尾处，肩头流血、脸上浮起疼痛与恐惧的男人。在高山的追问之下，这名医生无奈地将二十几年前杀死山村贞子、把她的尸体扔到水井中的事，一五一十地招认出来。高山和浅川才知道，本来一直认为是女性的山村贞子，身体上居然同时存在雌雄两性的性器官。昔日的水井上方现在改建成别墅小木屋，因此二十几年前被弃尸在水井内的山村贞子，将她的“眼睛”看到的影像原原本本地传送到小木屋内的录像机里。

高山和浅川潜入别墅小木屋的阳台下面，掀开水井盖子，到井里捡出山村贞子的遗骨，送回伊豆大岛好好供奉。他们希望借着供奉她的遗骨，解除录像带中的“咒文”。浅川在井底挖掘山村贞子的遗骸时，“死亡期限”过了。他没想到自己居然能通过“死亡考验”，奇迹般地存活，在过度的惊讶和欢喜之下昏倒在井底，后来高山把他带回旅馆休息。

不过，事情并没有就此结束。第二天，高山居然因为原因不明的心肌梗塞而猝死。由此看来，即使他们捡出山村贞子的遗骨供奉起来，也不能破解录像带中的“咒文”。

在高山即将死亡之前，阿馨马上将锁定的对象换成浅川。即使在假想空间内，他也无法承受死亡的体验，尽量避开这种情形。

浅川得知高山死亡的消息后，非常苦恼：他们依然没有解开录像带中的谜题。为什么浅川还活着呢？理由只有一个：这个星期他不经意间完成了录像带中要求的事，但是高山没有做。他必须赶快找到答案，否则妻子和女儿也会丧失生命。

啊！病毒的特征——繁殖！

浅川突然觉得这盘录像带与病毒的活动情形很像，那它期待的应该就是“繁殖”，也就是复制录像带给没有看过的人看，来增加录像带的数目。浅川在这个星期中曾经拷贝一盘录像带给高山，但是高山并没有拷贝。浅川认为关键就在这里，于是马上抱着录像机，开车前往妻子的娘家，准备拷贝好录像带后播放给岳父母看，这样就可以挽救妻子和女儿的性命。

然而在回家的路上，浅川却发生了极为意外的事故。他驾车从首都高速公路来到大井匝道时，从后视镜中看到后座上的妻女靠在一起睡觉。他说着“快到家了”，伸出手去碰触她们的身体，赫然发现两个人的身体都已经变冷了。尽管她们都拷贝了一盘录像带，还是无法解除咒文，一样在“死亡预告”的时间内因心肌梗塞猝死。浅川顿时跌入绝望的深渊，无法自拔，他的理智完全被悲痛占据，无暇注意前面的车辆，便发生了追尾事故。

浅川丧失意志的瞬间，还在自言自语地问着：“为什么她们也是同样的下场，却只有我活下来？”

肉体和精神的双重打击，让浅川脑部受到严重损害，他从此陷入昏迷状态。

8

浅川睁开眼睛，但是他的视线无法固定。他以天花板的某一点为中心，眼睛往外画圆般慢慢地骨碌碌转动。虽然通过视网膜将情景传送到脑部，他却没有“看”的意识，只是反射性地转动眼球。

但阿馨非常清楚浅川在什么地方。病床旁边隔着白帘子，还有吊点滴的金属架子。这些设备让阿馨有既熟悉又痛苦的感觉。

浅川在高速公路上发生追尾事故后，马上被送到医院。之后，他几乎一直处于昏迷状态，阿馨看到的大多是黑暗的景象。浅川多数时间都紧闭双眼，偶尔睁开眼睛环视四周，然而眼神虚无缥缈。

这天，阿馨通过浅川的眼睛看到两个男人，其中有一个经常见到的白衣男人，应该是主治医生，另外一个则是第一次见到的陌生人。陌生男人看着浅川的脸，低声叫道：“浅川先生。”

那个男人将手放在浅川的肩膀上，想刺激他的触感，可是浅川一点反应都没有，连阿馨也找不到他的意识。浅川仿佛沉入阴暗的海底，谁都无法让他脱离昏迷。

“他一直是这个样子吗？”男人离开床边，向医生询问浅川的情况。

“是的，一直都是。”

接下来，男人开始低声和医生交谈。从谈话的内容能知道那个男人也具有丰富的医学常识，说不定也是个医生。

“浅川先生……”男人又弯下腰注视浅川的脸，用充满感情的声音呼唤他的名字，眼中充满不忍之情。

“这样是没有用的。”医生喃喃说着。

阿馨对那个男人的表情深感兴趣，他似乎对浅川特别关心。

再继续锁定浅川似乎没什么意思，他老是躺在病床上昏迷，这样得不到任何信息，还是换一个对象。阿馨想锁定的正是用关怀的眼神看着浅川的男子。虽然这是一张陌生面孔，但是阿馨对他有份亲切感，而且从他和医生谈话的内容来判断，他应该和这起事件有很深的关联。

阿馨在键盘上按下几个指令，解除和浅川的视觉与听觉的同步，重新锁定刚从病房走出来的那个男人。一瞬间，阿馨从浅川的心中跑出来，进入安藤的听觉和视觉，立刻感受到安藤心里的纷乱情绪，体会到他的痛苦。安藤的心境和阿馨的差不多，不消多少工夫，阿馨就觉得自己找到了最适合的对象，他甚至为安藤心中的落寞深深叹息。

安藤是负责解剖和浅川一同找寻录像带之谜的高山的法医，正如阿馨所想，他和整个事件有很深的关系。安藤在某大学附属医院有间研究室，和一位病理学研究室的同事同心协力，想了解整起事件的全貌。

此时，因看过录像带而死亡的人已有七个，其中包括最初同时死亡的四位年轻男女，以及高山、浅川的妻女。这七具尸体上都发现了某种不明的新型病毒。

安藤从同事那里得知新型病毒的存在，十分震惊。阿馨对这个发现也非常惊讶，或许这种新病毒和现实世界中正在蔓延的“转移性人类癌病毒”有关联。

阿馨随手拿来一张便笺，简单地记录着——解读“环界”里新发现的病毒的DNA。解读出来的结果会不会和“转移性人类癌病毒”的排列情形相同？如果发现其中的共同点，就容易解读出“环界”中病毒的遗传信息。

阿馨觉得通过安藤的眼睛和耳朵看到和听到的世界，无一不充满悲伤。他无法理解那份悲伤是从何处而生，究竟是安藤本身的个性使然，还是有其他原因？安藤的眼睛含着泪光，似乎经历过某件十分痛苦的事情，至今仍然影响着他的日常生活。阿馨很想探查安藤的过去，但是现在还不是时候，剩的时间不多了。

阿馨大略知道，安藤很关心的一个女人失踪了，他像只没头苍蝇般四处乱找。失踪的女人是高山的学生，叫高野舞，她独自住在公寓的小套房里，安藤这个星期都无法联络到她，因此判断和高山走得很近的高野舞可能发生了不幸，或是被不明的病毒感染了，决定去她的住所勘查一番。

安藤前往高野舞住的套房，依然没有发现她的踪影，只是看到她的录像机里留下一盘录像带，高野舞好像已经看过它。然而，录像带中的内容只剩下一小部分，其他的被消除得一干二净。

安藤不知道如何才能找到高野舞，如果她已经看过这盘录像带，就没有救了，况且她现在又失踪了，很可能已经死在某个地方。

安藤在高野舞的房间里经历了一种前所未有的奇妙感受。房间内似乎有生物存在的气息，是种很小、身上光溜溜的、发出少女般笑声的生物。安藤的心情也传给了阿馨。后来，安藤还觉得脚踝处好像被什么东西抚摸过，小腿肌肉有种湿湿的感觉。他非常恐惧，马上夺门而出。

“那个房间里一定有奇怪的东西，我不想回去了……”安藤冲出高野舞的房间时，心里这样想。

安藤委托同事进行的病毒 DNA 解读大有进展，发现了很多有趣的现象。

此时，他接到一位新闻记者的电话，对方自称浅川的同事，想跟他见个面。他从记者处得知高山和浅川追查录像带的缘由，还推断浅川将整件事完整地记录下来，存在磁盘当中。

浅川发生交通事故后，放在车上的文字处理机和磁盘都被他的大哥领回去了。安藤按照线索找到浅川的大哥，顺利得到磁盘，马上读取里面的资料。这篇报告题为“铃”。阿馨通过安藤的眼睛看到了“铃”中的内容，仿佛活生生地经历了所有的过程一般。

安藤后来从高山 DNA 的碱基排列中解出一个暗号：“MUTATION”（突变）。他以这个暗号作为推理的根据，联想到高野舞房间里的录像带被抹掉影像，浅川的那盘则连录像机一起扔进垃圾车，而其余的两盘（浅川的岳父、岳母各有一盘）也被处理掉了，因此这盘恶魔录像带已经不存在于世上。

然而，被四名年轻男女以恶作剧的心态消掉咒文的录像带，如同部分遗传因子受伤的 DNA 一般。接着，不知情的浅川又拷贝一盘给高山，它就此发生突变，形成一种新的种类，所以就算旧种类的录像带被人全部毁灭，对新种类的录像带的增殖也不会造成影响。

然而又生出两个问题：录像带进化成了什么形态？浅川为何还活着？其中还隐含了另一个关键信息：高野舞的尸体是在哪里被发现的？

高野舞失踪了一个多星期后，被发现陈尸于大楼顶上的排气沟内，无法判断究竟是饿死的还是冻死的。解剖结果发现，她的死因并不是心肌梗塞，这和之前七位受害者完全不同。她是跌落到排气沟里，受困其中，直到体力衰竭而死。更不可思议的是，高野舞体内留着刚生产完毕的迹象，她到底生下了什么东西？这对安藤来说简直是天方夜谭，因为他不久前曾见过高野舞，当时她没有任何怀孕的迹象，体态非常轻盈。

安藤和同事利用大学附属医院里的设备做各种分析与检验，

在这段时间内，因观看录像带而死的人已经增加到十一个，其中包括浅川，他到临死前都没有恢复意识。这十一个人的血液中都带有病毒，却出现环状病毒和线状病毒这两种形态。在浅川和高野舞的遗体中发现较多的线状病毒，他们并不是因心肌梗塞而死，而其余的九具遗体上发现了较多的环状病毒。因此“病毒是否会导致死亡”的推论出现了分歧点：如果病毒的环状形体断掉了，那受害者就可以得救，如果病毒还呈现环状，那么看过录像带的人会在一个星期后面临死亡。

安藤和同事拼命想找出合理的解释。这时，他们发现，线状病毒的游动情形和精子的很类似。既然高野舞的尸体残留着生产的痕迹，若是她在排卵日看到录像带中的影像，而这种病毒不是以心脏冠状动脉为攻击目标，而是对准卵子……是线状病毒让她怀孕，然后生出某种东西吗？应该就是高野舞房间里的“那个东西”吧？

安藤将相同的理论放在浅川身上。浅川是个男人，没有办法生出小孩，那他又能生出什么？

没多久，安藤便得到答案了。

安藤和一个自称是高野舞姐姐的女子偶然相遇，他曾在高野舞陈尸的大楼楼顶上碰到这个女子，这次偶然相会，使得他们俩的关系更加亲近。

正当这个女子冲澡的时候，安藤随手翻阅出版社的新书目录，看到上面写着近期即将出版一本名叫“铃”的书。这正是浅川写的报告，如今竟然要编成书在市面上发行。安藤赫然想到浅川“生”

出来的东西就是“铃”这份报告，“RING病毒”借浅川来达到繁殖的目的，它正式从录像带进化到“铃”这本书，即将引发爆炸性的繁殖。

这时，安藤收到同事传真过来的山村贞子生前的照片，他大大吃了一惊，她就是那个自称为高野舞姐姐的女人。原来高野舞生下来的“东西”就是她——山村贞子本人。山村贞子早在二十年前就被弃尸于水井内，肉体已经腐烂了，她居然借高野舞的子宫执行复活计划。

之后，山村贞子对安藤提出要他成为盟友，并协助她。录像带已经进化到“铃”的形态，她希望安藤不要阻止这本书的发行，破坏繁殖计划。

而且，“铃”除了以书本的形态出现之外，还会通过各式各样的传播媒体达成目的，像音乐、电影、电视、电脑光盘、电脑游戏、网络等等。如果女性在排卵日当天看《铃》改编的电影，就会受孕并生下山村贞子。如此一来，不消多久，“RING病毒”就可以侵略全世界，安藤无法想象这将带来多大的灾难。也就是说，山村贞子这个雌雄同体者会一再复制单一的遗传信息，“RING病毒”则是一边突变，一边将遗传信息传送出去。

世界上的生物具有多样性的遗传信息，所以生命也富有趣味。一旦变成单一的遗传信息，所有的生命就会丧失乐趣。虽然山村贞子能获得永恒的生命，但是其他的生物很可能会被她毁灭殆尽。面对人类的存亡问题，安藤得下决心：要么成为山村贞子的伙伴，存活下来，要么选择死亡。山村贞子为了达到目的，又提出一个交换条件——让安藤两年前溺水而死的儿子复活。

阿馨这时才知道，安藤胸中的悲痛是来自两年前爱子的死亡。安藤和同事都认为，如果利用山村贞子的子宫，死去的儿子很有可能复活，况且安藤还留着当时从儿子头上拉下来的几根毛发，毛发上面留有珍贵的遗传信息。安藤已经没有其他选择了，无论要不要成为山村贞子的伙伴，都要丧失自己的生命，他决定先看到儿子重生，其他事以后再说。

阿馨没有半点责怪安藤的意思，安藤想让儿子复活的强烈意念也传给了他，站在相同的立场，他也很难抉择。

安藤和同事从山村贞子身上取出受精卵，输入儿子的遗传基因，然后放回原处。一个星期后，安藤的儿子就从山村贞子的肚子里生了出来。就这样，安藤出卖这个世界，换回了两年前丧生的儿子。

《铃》一书发行之后，大约有三万名女性因看这本书而受孕，并且生下“山村贞子”。在这些新伙伴的鼎力相助下，“RING 病毒”的形态开始突变，人类的遗传因子渐渐丧失了多样性。不久后，感染“RING 病毒”的人数急剧增加，终于成为一场爆发性的繁殖，所有的人都无法幸免于难。

之后，“RING 病毒”也对人类以外的各种生物造成影响，同样夺走其他生命多样性的遗传因子，扭曲了生物界的生存定律。例如，一棵具有茂盛枝叶的树木，原本生气蓬勃，慢慢朝进化的道路迈进，一旦它的种子变成单一遗传因子，种子的数量会愈来愈少，又会回到远古的原始生命形态。

为了得到永恒的生命而丧失多样性的DNA，生命的演化实在非常奇妙，如同登山的人为了享受谷底桃花源的美丽而放弃登顶，终将无法攀上顶峰，完成生命进化的目标。“环界”中的生命变成单一遗传因子后，日子变得十分无聊、毫无变化，每天都重复着同样的生活，因此生物放弃进化，终于慢慢走入癌变状态。

阿馨操作键盘，解开安藤身上的锁定，将镜头慢慢升上天空。从高处俯瞰“环界”里蠢动的癌变生命体，每个生命体的模样都非常单调。

阿馨觉得这个情景非常熟悉，他在大学附属医院的病理学研究室里，将秀幸的癌细胞放在显微镜下观看时，癌细胞在透明的培养皿中不停地胡乱繁殖，呈现出丑陋的斑块，和现在的情形非常相似。

阿馨将头套型屏幕拿下来，喃喃自语：“‘环界’已经癌变了。”

9

阿馨不知道自己戴着头套型屏幕和数据手套在计算机前坐了多久，只觉得身子微微发麻。“环界”的时间和实际时间的流动速度不同，又处在这种光线无法到达的地下室里，他不禁对时间的流逝毫无概念。

他正想从椅子上站起来，突然感到四肢无力、头昏眼花，好像有好几天没有进食一般，非常疲惫、干渴，胃里升起一种前所未有的饥饿感。他低头看看手表，现在是快接近黎明的时候。他爬上楼梯来到地面，在摩托车的置物箱里找矿泉水，先补充一下水分。

现在是沙漠的黎明时分，外面的气温很低。阿馨拿出矿泉水对着喉咙“咕噜咕噜”地灌，一口气喝掉半瓶。他有种重新活过来的感觉。

刚才他窥视“环界”的时候，心中忽然有种缥缈之感，现实世界的轮廓变得十分淡薄，看不到大地的真实面貌。现实世界和假想空间看似两个独立空间，却又摇摇晃晃地重叠在一起。

阿馨将剩下的半瓶矿泉水全部喝光，然后拉下拉链随地小便，他想借这些动作来证明自己是具活生生的肉体，是存在于现实空间的肉体。然后，他把空水瓶拿在手上，再次走下楼梯回到地下室。

他用自己的眼睛确认了“环界”癌变的过程，却依然无法理解它的内容，只觉得这些和现实世界截然不同的影像太荒唐。那盘录像带如果是出自电子空间，的确很容易解决问题，只要设定“复制就能避免死亡”的病毒程序，再设定“在某个期限内完成复制就能避免死亡”的解毒程序即可。问题是生存在“环界”里的个体，只能依赖内部的力量解开录像带中的谜题，如果没有借助外在力量，根本不可能解除录像带中“一星期后会死亡”的设定。这一串“环界”中的死亡事件，真是观看录像带引发的吗?

阿馨想确认这一点，他又坐到计算机前面。

假如“观看录像带”这一行为是“环界”走向死亡的导火线，就必须针对受害者，在观看录像带的那一瞬间进行过滤。

阿馨开始寻找“环界”中每个人观看录像带的画面，依次在屏幕上找出来。他没有锁定在哪个人身上，而是抱着客观的立场来观察。

最先出现的场景是一间别墅小木屋里的客厅，四位年轻男女带着半是恐惧半是嘲笑的表情在看录像带。一个男孩刻意在旁边虚张声势，制造恐怖气氛，对着其他人露出充满敌意的笑容。

看完录像带后，有个年轻女孩顿时脸色发白。“真恶心！”她不再开口，脸上写满害怕的神色。

那个虚张声势的男孩用脚踢了踢电视。“怎么可能有这种事，一定是胡说。”

“还真会掰，后面这些字眼看起来真的很恐怖。”另一个女孩脸上完全看不到害怕，她若无其事地抽着烟，面无表情地倒带，然后在其他三个人的注视下，把影片结尾记载的“一星期后会死亡”的解救方法消掉。原本这个女孩还想把录像带带回家给朋友观看，吓吓他们，可另外三个人却有些犹豫，很想马上跟这盘令人浑身不舒服的录像带划清界限，甚至害怕将录像带拿回家会招来灾难。

就在这时，房间内的电话响了。三个胆怯的人都吓了一跳，唯独抽烟的女孩面不改色拿起电话。

“喂，喂？”从女孩的表情来看，电话另一头一直都没有回话。

“喂、喂、喂喂……”女孩的声音充满焦急，开始颤抖。她吞了吞口水，把电话重重地放回去，站起身来大喊：“搞什么嘛！到底是什么东西？”

阿馨不知道这个电话是从哪里打来的，他觉得当时的空间好像有些扭曲。接着，屏幕上的主角变成浅川，接下来是高山。阿馨已经看过这两个人的影像，他直接跳过去往下寻找。

第四个画面是浅川的妻子和女儿，妻子拿起放在一旁的录像带塞进录像机。她让女儿坐在身边，一边熨烫洗好的衣服，一边看着电视屏幕，女儿也跟着母亲一起看电视。这对母女看完录像带的时候，客厅的电话响了，浅川的妻子任由电视开着，过去接电话。“喂，这里是浅川家。”

电话的另一端没有任何声音。

“喂、喂喂……”浅川的妻子继续拿着电话筒。阿馨注意到电话周围的空间也有些扭曲，而且物体有重叠现象，本该是直线的地方却扭曲了，扭曲的程度很小，稍不注意就会遗漏掉这个细节。

接下来，计算机中出现的人物非常陌生，阿馨猜测他们应该是浅川的岳父、岳母。屏幕上又出现高山房间的景象，从日期和时间来判断，应该是高山死前的影像。原来高山在死前还看过录像带。

阿馨将画面稍微往回转，想好好观察这个不怕死的高山。高山正坐在桌子前面，他本来在专心地写东西，后来慢慢低下头打瞌睡。冷不防地，他突然弹跳起来，脖子上挤出皱纹，毛发也纷纷竖立起来。

阿馨犹豫着该把屏幕的焦点放在高山的背部，还是与他的视觉同步。屏幕一阵模糊，他决定把焦点锁定在高山的视觉上。瞬间，他和高山的视觉重叠了。

高山的呼吸变得很急促，他直觉自己的身体起了变化。但是他冷静地接受了自己即将死亡的事实，并且在大脑中一件件理清所有的事。

难道我没有解开录像带的谜？为何浅川能活下来？高山首先将视线落在房间角落的录像机上，录像机里还装着那盘录像带。他马上爬到录像机旁，同时感到心脏跳动得非常激烈，随着身体的移动，胸口传来阵阵剧烈的痛苦。

阿馨不了解高山的身体究竟产生了什么变化，他猜测大概是心脏的冠状动脉长出肿瘤，使血液不能流通，这是急性心肌梗塞的典型症状。

高山将录像带取出来，仔细观察它的正反两面。阿馨不知道高山为何做出这奇异的举动，也不知道他到底在想什么。

高山用颤抖的手握着录像带，反过来念着背面的标题。然后他将视线投往天花板，很快又移往窗外、墙壁和书柜，好像在找什么东西。最后，他的视线又回到手中的录像带上。阿馨感觉高山明显地兴奋起来，他的手由于过度紧张不停地颤抖。

高山把录像带插入录像机里，按下放映按钮。为什么他临死前还要看录像带?

高山播放这盘致命的录像带后，又望着桌上的时钟，上面显示九点四十八分。确认过时间，他滚到床上去拿起电话筒，那股强烈的求生意志传给了阿馨。他正在设法找出一条活路吗?

高山慌张地拨着电话号码,电话响了四声,听到一个女子回答:“喂喂……”

阿馨知道说话的人是高野舞。莫非高山想让高野舞听到他临终前的悲泣声?

高山拿着听筒，目光固定在电视画面上。电视上是骰子在铅容器里慢慢转动的画面。高山不禁发出悲鸣声，他的声音通过电话线传到高野舞的耳朵里。

“喂喂，喂喂……”高野舞担心高山是否出了什么事，着急地喊着。高山却把电话搁在一旁，扭过头观看电视上的画面。在那一瞬间，电视屏幕上隐约映出高山的脸，阿馨突然有种在镜子中看到自己的错觉。

高山的心脏跳动得更加激烈，血管好像快要从皮肤里爆出来一般，他的眼神有些呆滞，使得阿馨的视线也模糊起来。高山将深邃的目光投向录像机附近，那里正升起烟雾，变成圆筒状，慢慢地转动着,空间明显扭曲了。高山拿着电话机往扭曲的空间移动，开始拨其他号码。阿馨稍微低下头,想看高山拨了什么号码。其实，没有必要低头看，因为电视中接连出现的骰子上的数字，正是高山所拨的号码。

332541362451634234254136245163434325413624516341332541362451634234 52

人在临死前是否没有正常的思考能力?阿馨在心中琢磨。就在此时，计算机旁边的卫星电话铃声响了，阿馨花了数秒钟才注意到电话铃声，又花了数秒钟来区别那是现实世界的电话铃声还是高山房间里的声音。

确定是自己这边的电话，阿馨马上拿起听筒，顺手摘下头套型屏幕。他听到一阵即将断气的虚弱呼吸声，以及激烈的喘息声，这个声音和计算机屏幕上传来的呼吸声重叠在一起，阿馨开始怀疑自己的耳朵是否有问题。听筒里传来一个男人的声音，这电话安了自动翻译装置，所以声音的品质稍微有些改变。“有人在吗？喂，听到了吗？我有事求你，请带我到你的世界！我想到你的世界去，我不会再让你随意乱来！”

阿馨的头脑有些混乱，他把高山紧紧握着听筒的左手的画面放大。打电话来的人的确是高山，而接那个电话的人正是坐在计算机前面的自己。

阿馨还没有从震惊中恢复过来，高山打来的电话就切断了。可是，他的脑海里依然残留着那个声音：“请带我到你的世界。”他需要时间好好思考一下，这到底是怎么回事。

10

阿馨反复思索着自己的假设，从正反两面来推敲它是否有错。想确定假设的真假，唯一也是最好的方法，就是向计算机研究所里的天野求助，请他确认事实的真相。他从电脑里把一条指示传给天野。

对“RING 病毒”的 DNA 加以解析，并和“转移性人类癌病毒”的遗传因子排列作比较。

“转移性人类癌病毒”的DNA解析已经到手，阿馨也拿到了这份碱基排列图，只要解析“RING病毒”的DNA，这两者就很容易比较了。“RING病毒”的遗传因子排列似乎依照某种法则，以0和1的二进制法将“ATGC”这4个英文字母互相切换，使用计算机很快可以完成解析的程序。

阿馨从摩托车的置物架拿下睡袋，搬到地下室。他先补充一些水分，吃了点食物，便躲进睡袋中，像虾一样把背弓起来。他一面打盹，一面等待天野的回答。过去的半天里，他都紧绷着神经，如今放松下来，不用多久就进入了梦乡。

两小时后，电脑有了回应，屏幕上的光线一明一暗地闪烁，扩音器中发出信号声。阿馨马上爬出睡袋坐在桌子前面，短短两个小时的睡眠让他恢复了大半的体力。他头脑清晰地接收到天野传来的回应。

屏幕上排列着“RING病毒”和“转移性人类癌病毒”遗传因子的比较结果，还将碱基排列的共同点标示出来。这两种病毒的某些遗传因子非常类似，几乎可以确定，这是两种相同的病毒。两种非常相似的病毒，通常多半是其中一种病毒因某种作用产生变异而成为另外一种病毒，从这点来看，“转移性人类癌病毒”的确是由“RING病毒”转变而来的。

阿馨确定这个事实之后，暂时将思绪转移开来。依据他的经验，人们常常会被早先定下的假设局限住，丰富的常识有时会造成思考上的障碍，反而无法脱离假设的藩篱。

冷静下来！阿馨提醒自己，不要被既定的观念束缚住，此刻需要灵活地思考。他站在高山龙司的角度，重新思考在龙司身上发生的事情。照一般情形来看，面临死亡的时候，没有人不想逃脱，高山龙司提出的是最基本的要求。

阿馨怀疑，高山在临死前是否运用敏锐的直觉，明白了所有事情？这一点很重要，因为这是解开其他疑团的基础。难道居住在“环界”的高山知道了这一切的缘由？

首先，高山不明白为何浅川还活着，自己却面临死亡。在那一星期内，浅川做了什么他没做的事？他马上便发现复制录像带可以躲避死亡，因为浅川为他复制了一盘录像带。不过，他并没有结束怀疑，而是将所有的疑问都集中在一点：为什么会有这些事？莫非这个世界是个假想空间？或许这是他受过逻辑训练的结果。

高山进而想到，如果这个世界真的是个假想空间，一定有人在幕后操纵，毫无理由地设定死亡或是解除设定。这个操纵者应该是制作这个假想空间的“创造者”或是“神”。创造世界、使世界运作是神的工作，以“环界”居民的认知来看，“环界”的创造者就是他们的“神”。高山在死前准备和神交涉，因此，他必须先找到现实和神界的连接点。

高山在临死之前朝房间的天花板、墙壁四处张望，就是想找出这个世界和神界的接口。他突然想起录像带，整件事是由录像带设定“观看者在一星期后会死亡”引发的，因此他猜测接口会在那儿出现。他看到录像机的插口有空间扭曲的现象，决定以自己的生死来做赌注。

高山开始播放录像带时，心情多少有些动摇，于是他暂且不管死亡时间，先打电话给高野舞。其间，他的眼睛一直紧盯着电视屏幕，画面上出现骰子在铅容器内旋转和停止的样子，骰面上一到六的数字都出现过。高山一看，不禁对着话筒发出悲惨的叫声。他察觉到骰子的六个数字中，有某些数字反复出现。

1332541362451634234254136245163434 3

25413624516341332541362451634234 25……

他抽出“133、234、343”这三组数字，便发现“2541362451634”这13个数字反复出现。他非常了解遗传因子的碱基排列，马上就发现“133、234，343”这三组数字是表示“停止”的暗码。于是，高山切断高野舞的电话，按下这个号码。不一会儿，线路接通了，从“环界”的假想空间连接到了现实世界。

“请带我到你的世界。”他单刀直入地说出心中的期望。只要是科学家，谁都会许下这个愿望。高山提出这个要求，并不是想从死亡中逃脱出来，而是想脱离自身所处的“环界”，移到另一个世界。这样他才能彻底了解“环界”的结构，找出操纵“环界”的法则，实现梦想。而且，连宇宙外围究竟是怎样的情形，宇宙诞生以前时间和空间是怎么构成的，这一类的疑问都可以得到答案。

“请带我到你的世界。”

虽然这句话像小孩子的愿望，但抱着相同愿望的阿馨很能体会这种心态。如果真有神存在，他也想到神的世界去，与神面对面交谈。

高山在“环界”挂掉电话后就死了，那么当初观察“环界”的操纵者应该也和阿馨一样听到高山的愿望。那个人又有何反应？

阿馨运用医学知识，思索着让高山在现实世界再生的方法。若是将高山体内的遗传因子进行解析，再让他以原来的形态重生，似乎行不通。不过，他的遗传因子应该被保存在“环”计划的内存中，可以利用这些遗传信息让他在现实世界重生。

在这个世纪初，医学已经进步到可以制作出二十亿组碱基断片，而且开发了重现染色体构造的染色体合成技术（简称 GFAM）。这项技术可以将碱基断片一个一个连接起来，也可以将人类的染色体再度合成。

首先准备一个受精卵，取出当中的核，然后运用染色体合成技术把高山的遗传信息植入染色体，放入受精卵的核内，接着把受精卵放回母体。十个月后，就会诞生一个高山龙司，他当然是以婴儿的形体诞生。可是，如果其中有一步计算错误，例如操作人员忘记某件事，或是其中的程序犯了错，结果就会完全不同。

譬如，高山感染了“RING 病毒”的病原体，他的遗传因子采用合成染色体在现实世界中再生时，就有可能将病毒流到外界。“转移性人类癌病毒”和“RING 病毒”如此相似，正是高山龙司在现实世界获得重生的证明。在重生的过程中，他身上带的“RING 病毒”改变形态，流到现实世界，导致现在“转移性人类癌病毒”

到处肆虐。

到底是谁将高山带到这个世界来的?

这个问题的答案还不明确,阿馨决定先略过。接下来的问题是,为什么让高山在现实世界重生?把假想世界的生命体放到现实世界中,会产生什么变化?

小时候,阿馨曾玩过电子游戏机,他对游戏内容很快就失去兴致,但还记得三维画面中的公主与王子等众多角色,是用电脑以特殊的曲线画出来的,虽然和真人不太一样,但是其中有许多女性角色长得很美,其中一个角色还以病毒的形态出现在世界上。

阿馨觉得这种假设非常荒唐,但是“环”计划拥有世界最高水平的计算机,以上的假设并非不可能实现,他又隐隐感到害怕。

高山龙司现在在什么地方?他在做什么事呢?

科内斯·洛斯曼最后留下一句话:“我知道掌握转移性人类癌病毒关键的人物是高山。”现在阿馨对这句话深信不疑。真相渐渐明朗了。

11

阿馨走上楼梯来到地面,觉得自己仿佛在地下室待了许多年。

太阳高挂在头顶,炙热的阳光灼烤着大地,风从山谷间呼呼地吹过来,带着沙尘吹向废墟的缝隙。光线和空间之宽广与地下室相比,简直有天壤之别。

阿馨隐约觉得身体上似乎起了变化，和以前不太一样，可能是因为他在短时间内经历了好几个人的人生。事实上，他坐在计算机前不超过四十二个小时，摩托车引擎上只积了一层薄薄的灰尘。

阿馨跨上摩托车，随即发动引擎绝尘而去。他很清楚接下来要去什么地方，只要沿着溪谷一直往西方前进，越过有水源的山丘，再越过两座大山……

阿馨依照这强大的指引力量前进，他明白这一切都在某个人的掌控之下。这件事到底是从何时开始的呢？他在十年前的夜晚定下家庭旅行计划，经过如此长久的策划，如今才是付诸行动的时刻！

从温斯洛克出发两天后，阿馨终于离开高速公路进入沙漠地带，在平坦的荒漠上驰骋十公里，才看到一座山丘。他顺着斜坡往南骑上去，越往上爬越感受到寂静的气氛，几乎听得到树木的呼吸声。这附近看不到“转移性人类癌病毒”产生的癌变情形，植物都蓬勃地生长着，想不到沙漠中居然有这样一片辽阔的绿色。

眼前赫然出现一座险峻的山谷，中间包围着一大片宽广茂密的绿色森林。一路上，阿馨只在这座褐色山谷内发现如此生机勃勃、数目众多的花草树木，其他地方都是黄褐色的荒凉大地。

这座山谷里有许多突出的岩石，阿馨不得不骑着摩托车十分艰难地在石缝间钻来钻去。突出的岩石间有条小河，路随着坡度的增高而变得狭窄，连摩托车都无法通过。阿馨将摩托车放在茂密的森林间，然后脱下靴子换上运动鞋，从置物箱拿出必需品，将所有的东西都背在背上。他仔细看一遍附近的地形，在心中默记一遍，然后顺着河流徒步前进。

阿馨不时停下脚步，查看水流侵蚀山谷的痕迹，暗自计算要花多少时间才能形成这座数百米深的山谷。想一想就觉得头昏眼花，他住的那栋高楼大概需要三年就可以建成，但是形成一座山谷至少要数亿年。这座山谷直到今天还在被水流冲刷和侵蚀。

阿馨从这块岩石跳到另一块，弯下身捧起河水一饮而尽，顿时有股冰凉从食道直达腹部，抚平浮躁的心情。他再次捧起河水啜饮，然后坐在岩石上休息。

这块孤独的土地上充满了寂寥的气息，和医院重症监护室的气氛很相似，阿馨不由得生出一份熟悉感。秀幸做完癌细胞切除手术之后，就被移送到重症监护室。那个密闭的空间里只听得到人工呼吸器的振动声，完全感觉不出患者的生命力，四周萦绕着死寂的气氛。阿馨每次去探望秀幸时，只看到一个靠着机器维持生命的人。秀幸就像周围那些医疗设备的附属品一般没有生气，脸和头部插着一大堆管子，一副很痛苦的样子。管子数量越多，就象征着这个生命会越早消失。

阿馨环视这座寂静的山谷，不由得担心秀幸的身体状况，接着又担心起真知子。他们现在不知道怎么样了？爸爸的病情越来越严重，我不能再继续待在这里休息，得赶快找出病源。还有妈妈，她一直沉浸在无法佐证的民间传说中，每天祈祷奇迹降临在爸爸身上，以此逃避现实。而礼子……

阿馨一想到这个名字，胸口不禁开始紧绷。他从胸前的口袋中拿出两张礼子的照片，其中一张是礼子和他在医院露天咖啡厅的合照，照片里的阿馨刻意伸长脖子，礼子把头靠在他肩膀上。这张照片是亮次拍的，不知道他是以什么样的心情拍下的。礼子在照片中散发出女人的娇媚，可以轻易察觉出她对阿馨有好感。亮次应该不喜欢看到母亲摆出这种姿态。阿馨原本是思念礼子才拿出照片，稍解相思之苦，没想到却引出了对亮次的悲伤回忆。

他又将视线移往另一张照片，那是礼子独自坐在自家地毯上拍的照片，她横坐在地上，双手撑在身后，发型和现在不一样，应该是两三年前的照片，不知道当时亮次是不是发病了。

这两张照片是阿馨和礼子发生关系后向她要来的。礼子听到要她年轻时代的照片，还有些不悦。

“做什么啊？”她不太高兴地用手指戳着阿馨的腋下，然而，第二天她就拿了好几张照片给阿馨。照片中的她表情各异。其中一张好像是礼子办家庭聚会时拍的，她身边围着几位朋友，手上还拿着杯子，两颊因为酒精而泛起红晕。另一张照片中，礼子穿着高贵的和服，旁边摆着菊花做的娃娃，她面无表情地举起一只手，另一只手叉腰。还有一张照片是她站在自家厨房洗东西时，亮次趁着她回过头偷拍下来的，她明显吓了一大跳，表情十分自然。阿馨非常喜欢这张照片，但是当临行前挑选照片时，却舍掉这张，只带了前面两张。

他仔细端详礼子的单人照。礼子穿着毛线编织的连身长毛衣，U 字形的领口处露出一点点突起的胸部。她的胸属于小而挺的那种，大概只有阿馨的拳头般大小，富有弹性。他把视线移到礼子的腰，想象她现在的肚子有多大了。胎儿现在应该有两厘米大小，像海马一样蜷曲着。比起这个继承自己遗传因子的胎儿，阿馨觉得怀着新生命的礼子更加可爱。

没有多余的时间在岩石上休息了。阿馨的脑海中出现了好几张面孔，好像在催促他快一点。他站起身，准备爬上山顶。

12

眼看着太阳沉到山脊后，阿馨为了在天黑前找到宿营地，匆匆往前赶路。他站在一处三面都被巨大岩石包围的平地上，大略环视四周一遍，打算选这个地方当露宿的地点。

阿馨觉得这里似乎有人来过，他记得那时在温斯洛克的废屋中，自己曾在计算机的假想世界里被印第安人带走，在回到部落的途中好像经过这个地方。

“跟从战士的引导。”

真知子说的北美印第安人民间传说中有这样的提示，但在现实中，他没有遇到战士，只能将那些记忆一点一滴找出来和实际情况比较，再决定要走哪条道路。看到眼前的景物，他能肯定目的地就在前方不远处，便卸下身上的背包，暂时放松脚部肌肉。

从阿馨弃车转而徒步开始，这一路上，他每踏出一步，心中都涌现出莫名的熟悉感。这份感觉完全没有脉络可循，后来甚至没来由地涌出各式各样的情绪，例如恐惧。这种感觉应该借着某种事物才会引发，他却没来由地充满恐惧。此外还有嫉妒和喜悦的情绪，交互刺激着他的神经。阿馨尝试着追溯这些感觉和情绪的来源，大脑中瞬间闪过刚刚出生时的情景，但是无法更进一步。思考了一会儿，他还是放弃了，在平坦的岩石上铺上垫子，摊开睡袋，然后躺在睡袋中，一边嚼面包一边喝威士忌。

沙漠的日夜温差相当大，越到深夜温度越低，虽然阿馨身上包裹着睡袋和垫子，寒气也依然渗透进来。他按照固定的节奏调整气息，让肉体和精神慢慢稳定下来。突然间，他觉得有道锐利的视线从脑后投射过来，那股强烈的杀意令他忍不住回过头。前方十米的树荫下，一个赤裸的男人正半跪着握着弓箭。他一身的褐色皮肤与四周的黑暗融合，因此很难察觉那里有个人影。

那个男人的长发往脑后束起，头上没有插羽毛头饰，中等身材，身上的肌肉也不是特别强壮。阿馨却被他握着弓箭、直视自己的气势震慑住，无法动弹。男人慢慢弯下右手大拇指架起弓箭，对准阿馨的头。用黑曜石磨成的箭头正闪闪发光，仿佛在警告阿馨，那不是橡皮玩具。男人的脸上没有表情，看不到憎恨或是陶醉，只是忠实地执行任务，用猎人的目光注视着他。

阿馨一边判断这是不是发生在现实中的事情，一边吃惊地盯着箭头。那个男人将弓拉满时，阿馨突然想象自己变成一头野兽，便反射性地往地上趴下。那支箭飞快地射向阿馨的身体，他不由自主地瘫软下来，意识随即变得十分模糊。

失神了好一会儿，阿馨才渐渐清醒。他挺起身子，抬头仰望延伸到天际的树木，用手捂着应该被弓箭射穿的右眼。他确认自己没有受伤，站起来寻找射箭的男人，却四处都找不到对方的踪迹。难道是山谷蕴含的独特气场，以及之前在温斯洛克的经历影响了他，才生出幻觉吗？那个褐色皮肤的男人带给阿馨一种强烈的死亡之感，虽然刚才的景象只是幻觉，但是他忘不了被人用弓箭瞄准、濒临死亡边缘的恐怖感受。比起人世间无数的痛苦，面临死亡的那种无助更让他恐惧。

阿馨再次调整呼吸，稳定心情，将双手叠在胸前望向天空。山谷的细缝间现出一道满月的光辉。几十年前，人类也曾经站在月球上，这项创举让人类对宇宙的认识往前跨了一大步。

阿馨小时候曾经从秀幸那里听到航天员登上月球后说的话："在月球上，什么东西都和仿真训练时相同。"这句话令人印象深刻。航天员在出发之前，都在美国沙漠中建造和月球完全相同的物理空间，不停地进行重力仿真试验，训练遇到各种突发事件时该如何处理。那些航天员经过反复练习，终于登上月球之后，居然表示训练时的仿真环境和现实环境完全相同。这是怎么回事？就算仿真训练使用的假想空间是经过精密的计算制作出来的，和现实环境也会有差距吧？难道这是一种启示？

阿馨无法抹去"现实环境中也可能有一个假想空间"的想法，这在理论上是行得通的。如果将"神"视为这个世界的创造者，即使它任意取走人类的生命，也没有什么不对。这个世界上果真存在另一个假想空间的话，也可能发生处女产下神子的神迹，或是神子在死后一礼拜又复活的事……现在人类正濒临空前的大危机，大家都期待神的降临，倘若神没有现身在世上，而只是继续观察这个世界，世界将会因癌变而灭亡吧……

13

阿馨走上山谷的高处，继续沿着山势攀爬到山脊，朝着山顶的方向前进。这时，他已经用掉了一半的粮食。

一路上，他的眼前经常会产生幻觉，出现一个印第安人，将隐藏在内心深处的记忆呼唤出来，指示他该往哪个方向前进。这个充当向导的印第安人常常突然出现在岩石上，注视着他的动静。等到阿馨意识到他的存在时，他便翻下岩石，消失在前方。对方像之前所见的印第安人，手上握着弓箭，用浅显易懂的手势催促阿馨跟着走。阿馨无暇细想，径直依照他的指示前进。

不久，阿馨来到一座 U 字形小山谷的深处，弯曲折皱的土黄色岩壁上绘着无数图案，笔触非常抽象，看起来很像动物和人类的脸。还有一些几何图案，看起来与 DNA 的双螺旋很相像。这是很久以前定居在这里的印第安人画的吗？这些图案激起阿馨的预感，他觉得目的地就在前方不远处，心里也浮现出一些模糊的景象：一个笼罩着神秘气息的巨大洞窟内，住着一群与自然同化的老者，老者们身上缠着麻布，像植物般活了几千年，专门对来访者传授深奥的智慧。

然而，接下来的情况与阿馨想象的完全相反，他几乎走了一天一夜，还是没看到那个留有古代遗迹的大洞窟。眼看着粮食快见底了，体力也越来越弱，他不禁对前方未知的旅程感到不安，认真地考虑是否要放弃。要回去就得趁现在，食物还剩下一点点，回到停着摩托车的地方就有办法了。摩托车已经加满油，离最近的街道大约二十公里，可以先回街上补充食物，再回这里。

阿馨尽量让自己放松，思绪如果陷进死胡同，便无法做出正确的判断。他姑且将洞穴里的那些“人”称为先知，当务之急是如何才能见到先知，从他们那里了解世界的构造，并解救父亲、母亲、礼子的生命？他在不知不觉中将先知视为了最接近神的人。

一直都是晴天，所以阿馨没有留意天气的变化。从山脊上往下俯视，地面上的情景看得一清二楚，但就在一瞬间，团团的云簇拥而上,整个天空被厚厚的灰云覆盖住。厚重的云层低垂在空中，仿佛要从头上压下来一般，让人有种快要窒息的压迫感。阿馨一见形势不对，赶紧四处寻找避雨的场所，然而附近的树木既不高，枝叶也不茂盛，即使躲在树下也没办法挡雨。他想找个洞穴躲雨，记得刚才往河川上游爬的时候，曾经看到那里有几个小洞穴，只是那里位于山腹，很不容易找到。

一两滴雨水落在阿馨脸颊上，他着急地东张西望，眼前一片瓦砾堆，没有可以藏身的地方。冷不防，天空炸响一记响雷，连大地也跟着震动，豆大的雨滴噼里啪啦地落下来。一个小时前炙热的阳光仿佛梦幻一般，消失得无影无踪，雨水强势地侵占这块大地，地面上开始形成无数条细细的水流。

阿馨什么也不能做，只能弯曲着身子慢慢往前走。帆布背包里有几个塑料袋可以遮一下雨，但也没多大帮助，他又忘了带帐篷，才一会儿工夫，全身就湿透了。他脚上的运动鞋因为吸水变得沉重，每走一步都有水渗出来，厚牛仔布夹克完全贴在身上，雨水不停地从他的背上流下。天地间变成灰蒙蒙的一片，完全看不到前方的景物，阿馨仅靠着触觉摇摇晃晃前进，避开临时形成的小河，好不容易才找到一个略高的稳固的地方歇脚。

阿馨仅存的一块面包用塑料袋包着放在帆布背包中，现在已经让雨水浸湿，被压碎了，再说也无法在这么大的雨中进食。他转念一想，便张开嘴巴直接喝雨水充饥。豆大的雨滴毫不留情地打在脸上，阿馨忍受不了雨滴撞击的疼痛，便低下头弯起身子就地坐下。后颈毫无遮掩，在雨势强烈的撞击下，传来阵阵剧痛，他用帆布背包盖住后脑，静待这场雨过去。

他暗忖，沙漠里的雨应该都是阵雨吧。哪知正好相反，雨一直下个不停。好不容易看到大雨逐渐转小，然后又变成雾状的细雨，可能要停了，谁知道又下起来，而且比之前更加猛烈。他心中的恐惧渐渐增加：事态非常严重，雨水在慢慢夺走身体的热量，黑暗又在迫近，再加上饥饿与恐惧，他很难熬过这个晚上。

周围的温度急速降低，黑夜开始降临大地，哗啦哗啦的大雨仍然没有半点停歇的迹象，阿馨现在的处境，就好像被捂住眼睛，让一大群人没头没脑地痛打一顿，浑身上下都受到踢踹和殴打，而且无法还手。更倒霉的是一股突如其来的浊流冲击着他的脚，他不禁惊跳起来，原本盖在后脑的帆布背包掉了下去。阿馨重心不稳跌倒在地，伸手在附近找寻帆布背包的踪影，却哪儿也找不到，很可能是被浩大的水流冲走了。

他在黑暗中静止不动，先让自己冷静下来，然后利用听觉和触觉判断周围的情形。他赫然发现地上的水已经淹到脚踝，非离开这里不可，只好依靠听觉和皮肤的触觉匍匐前进，尽量往水量少的地方移动，就像在泥水中翻滚的蚯蚓一般。他现在只企求能有一点点光线。他已经置身在黑暗中数小时了，连手表上的指针都看不到，根本不知道过了多久。更何况他不清楚这里的地形，不能随意移动。来这里的途中，他曾看到过一座一百多米深的断崖，说不定前方正是一处无底深渊。

就在这时，阿馨听到岩石掉落的声音，全身因为恐惧而变得僵硬。可能是大雨使地势松动，产生落石，他的耳边断断续续地传来小石头滚动的声音。最奇怪的是，这些滚动声来到阿馨身前，都突然消失了。理由只有一个，正下方是座深不见底的山谷，滚落的岩石全掉下去了。他慢慢地扭动身体，尽量远离这个深不见底的深渊，然而，身子却顺着松动的地面往下滑了数十米，一股死亡的预感马上以惊人的气势扑过来。阿馨觉得自己好像站在遭受狂风大浪击打的礁石上，即将被这场大风浪吞噬。迎面又有来势凶猛的骤雨打在脸上，水滴顺着头发、额头、眼睛纷纷往下流，仿佛像泪水。

我该不会被雨水浇死吧？阿馨从来没想过自己竟然会因雨水而死，真是太滑稽了——当全世界因为癌变而走向灭亡的时候，我却在这里被雨淋死！

他再仔细一想，被雨淋湿已经是很久以前的经历了。一个月前，他曾从医院的顶楼窗户看到乌云，那场阵雨并没有超过一个小时。当时，阿馨和礼子并肩站在厚厚的玻璃窗后，看到云的颜色不断变幻，街道上的景物笼罩在一片雨幕中。隔着玻璃，外面的世界看起来很奇异。阿馨高兴地眺望着数月未见的雨景。一直晌晴，这场及时雨有如天降甘霖。那时亮次还活着，礼子的子宫里已经孕育着新生命。

虽然是相同的雨，那时是甘霖，现在却变成地狱里的毒汁。阿馨脑海中浮现出礼子、秀幸和真知子的面孔，他尽量避免去想最坏的情况，激发自己的勇气。稍微不注意，死亡的阴影就会袭来。

不能睡觉！一旦睡着，就会被寒冷侵袭，然后被死神带走。阿馨努力保持清醒的意识，寒冷让他不断颤抖，他一心祈求天赶快亮，只要天一亮，气温多少会上升一些，就可以从黑暗中解放出来。黑暗是妄想的温床，死亡的影子正在一旁伺机而动，不赶快脱离现在这种情况，他的意识随时都有飞走的危险。

忽然间，阿馨感觉附近有人类存在，却不像印第安人的气息，而是另一种更加真实的氛围。他无法分辨来者是男是女，只听到意义不明的细微声音在互相交流，来者应该超过两个人。

“喂，谁在那里？”阿馨为了壮胆，刻意粗声问道。可是那些影子并没有退回去，反而慢慢增加，团团围来。阿馨听不懂他们的语言和谈话内容，似乎他们颇为同情阿馨的处境，却也掺杂着嘲笑的意味。接下来，一直到天快亮了，阿馨都断断续续地听到他们交谈的声音。

雨势渐渐减弱，周围的景色慢慢浮现出来，到处都笼罩着一层薄薄的灰色。耸立在远处的石山原本是赭红色，现在只看得到黑色的影子，这是个只有黑白两色的世界，不过周围景物的轮廓越来越浓。眼看着天色慢慢亮起来，雨势也越来越小，周围的景致随着时间的流逝不停改变，阿馨却觉得头发热，有些昏昏沉沉。他从来没有这种经历，大约是身体发寒，体力消耗过度，很有可能患了感冒，还发着高烧。肺部也发出痛苦的气喘，感冒可能会转成肺炎。

这时天色已经大亮，雨也停了，阿馨却没有力气移动身体。他有一半都浸泡在泥水中，只能像虾米一样蜷起，往没有积水的地方移动。现在他最需要阳光，阳光可以将浸湿的衣服和身体晒干。他勉强坐起身子脱下衣服，用手拧干。凉风吹在他毫无遮掩的身体上，一阵恶寒，他差点晕倒。

将湿透的衣服拧干后，阿馨躲入岩石的缝隙间休息，躲避从另一边的山谷吹来的风。他不能随便浪费体力，在气温上升之前尽量不活动。他横躺在岩石缝中，观看着周围景致的变化。原本的黑白两色已经添上色彩，远方的景色也出现了浓淡对比。

几个小时后，气温终于慢慢上升，阿馨也断断续续睡了一会儿。他在似睡未睡间，经常睁开眼睛看一下天上云层的变化，看看温暖的阳光是否照到了这个地方。

他忽然被一阵轰隆隆的巨响惊醒了，在恍惚间联想到昨晚被雨折腾的恐怖，吓得赶快跳出藏身处。他看到空中有个黑色物体，阳光正好从它背后射下来，他不由得眯起双眼仰望这黑色发亮的机体，这是集合现代科技精华制造出来的新型喷气式直升机。它的出现和这个远古时代的废墟非常不搭调，而且它正像印第安人拉弓瞄准猎物般，朝着这个方向而来。

直升机停在空中的一点不动，螺旋桨旋转时刮起的狂风卷动地上的灰尘，引擎声震耳欲聋。突然间，直升机一个旋转，往上爬升，冲破云层，云层间露出太阳光。这一瞬间，阿馨突然觉得那道光线仿佛变成了一个光环。

第四章

CHAPTER 04

地下空间

1

阿馨一睁开双眼便看到白色的天花板，他环视四周，赫然发现这个房间没有窗户。天花板的角落有一个长方形的框框，应该是维持房间温度的空调设备的通风口。墙壁上有两个长方形的缝隙，应该是门吧。门漆着和墙壁相同的颜色，几乎无法分辨。其中一扇门有把手，可能是连接房间和走廊的出入口，另一扇门上也有小把手，大概是浴室的出入口。墙壁上贴的不是壁纸，而是一种皮革，刚开始阿馨以为是白色，看久了才知道是淡淡的米白色。

阿馨慢慢意识到自己还活着，正仰躺在一张床上。他停止观察，将全部意识都集中在身体上，向双手、双脚，甚至是脚趾、手指发出指令，确定这些部位还能活动。但他不知道这是什么地方，只知道自己被放在空无一人的房间中。

他开始慢慢回想过去的经历，脑中浮现出事情的前因后果，但是无法相信自己只身来到美国，骑着摩托车横穿沙漠，只为了找寻某个地点，更无法判断这种行为到底是真实还是梦境。

阿馨回想起自己为了前往传说中的巨大洞窟，半途看到好几幅古代印第安人的壁画，画在小洞窟外嶙峋的岩块上，仿佛是到达神秘地下空间之前制造出的奇异气氛。天刚亮、阳光开始照射大地的时候，他曾听到轰隆隆的巨响，震耳欲聋的声响依旧残留在脑海中。当时，空中出现了一架最新型的喷射直升机，阿馨的回忆到这里就结束了。此后，他的记忆一团混乱，现实和想象交相混杂，搞不清究竟什么是真实的、什么是虚妄的，唯有等待第三者来证实。

阿馨已经醒来一个钟头了，仍然没有看到其他人出现。他试着慢慢撑起上半身，想站起来走到屋外看看。但体力消耗过度，一点小动作都觉得十分吃力，他只好坐在床上，稍微调整一下呼吸。眼睛往下一瞥，看到床边放着一双拖鞋，那并不是他带来的东西。

究竟是谁为我准备的呢？阿馨觉得那双大拖鞋好像在催促他似的，他不由自主地使劲放下双脚，套进拖鞋里。

他想在房间里四处走走，或是去外面看看，但脚上的拖鞋实在太大太重了，只能拖着鞋子走。没走几步，身上的白色长袍下摆居然裂开了，从裂缝处可以看到大腿，长袍下没有穿内衣。阿馨才发觉，自己身上只套了一件长袍。

他伸手想打开眼前的房门，看看外面的景色，确定自己究竟置身于何处。他拉住门把，发现门竟然上了锁，很不甘心地再次用力一拉，左右扭转几下，门依然一动也不动。他只好放弃出去的念头，转过身去。

这时，他感觉门的另一边有人，于是竖起耳朵倾听。接着听到“咔”的开锁声，他不禁退后一两步，但并不害怕。现在即使房外出现一个自称火星人的人，他也不会感到意外。

门静悄悄地打开来，正前方，有位老人坐在轮椅上。

“你醒了？”老人用英语询问，阿馨本能地点点头。

“你是二见馨先生吧。你好，我的名字叫克里斯多弗·艾略特。”艾略特说完，便伸出一只手和阿馨握手。阿馨看到他的手，不禁大感诧异。艾略特手掌很大，连放在轮椅前端的一双脚也非常大，这和他坐在轮椅上的身体实在不成比例。以外国人的身材来说，他应该算是小个子。

阿馨最奇怪的是他为什么知道自己的名字。可以证明他身份的证件和卡片都和背包一起遗失了。

阿馨和艾略特握手，趁机仔细端详老人的容貌。艾略特的头上没有半根头发，他有一张长脸，脸色有些苍白，但肤色明亮。左颊到脖子有一片老人斑，衬在他的白皮肤上，看起来特别明显。阿馨从艾略特的手掌中体会到他没有敌意，便说出心中的疑问：“请问，这是哪里？”

艾略特眯着灰色的眼睛，笑着说：“这是你想来的地方啊。”

阿馨的目的地是远古时代就存在的巨大洞窟，也是长寿村的所在地。他环视了一下屋子的四周，这里与想象中的地方实在相差太远。艾略特看出他心中的怀疑，于是伸出食指往上一指，问道：“你认为这上面是什么？”

阿馨无法回答，艾略特只好自问自答：“上面是巨大的水层。”

艾略特刻意不说“水槽”而使用“水层”这个词，阿馨还是不能理解，他搞不懂艾略特的意思是否和“下雨”有关。经过那一场暴雨，阿馨已经闻雨色变。

然后艾略特把食指朝下。“你认为你现在站在哪里？”

阿馨知道自己站在“大地”上面，但是不想说出来，依然保持沉默。对于这个问题，艾略特也是自问自答：“这是个广大的空间。”

依照艾略特所说，阿馨正站在一个被厚厚的水层和广大空间夹住的空间里，但是他仍然不明白。如果艾略特说的是事实，那这附近的重力值应该很低——如果下面有质量较重的物质，就会显示出正值；有质量较轻的物质，就会出现负值。如果脚下真是个没有东西存在的广大空间，就得有个极具说服力的理由，来说明呈现负值的原因。

这位老人正在暗示我，这个地方的重力比其他地方要小，也就是说，他事前就知道我前往的地点了——阿馨的脑海中一片混乱，不由自主地用手撑住墙壁。

“你早就知道我要来这里吗？”阿馨好不容易才把心中的疑惑说出来。他的呼吸十分紧促，只能吸进一点点空气。

艾略特用巨大的手撑住阿馨的身体，非常仁慈地说：“没错，而且你已经来了。”

我是不是又开始发烧了？阿馨感觉全身热起来。

“我唯一不能预测的是那场暴雨……”

阿馨的身体持续发热，没多久，他感到一阵恶寒涌上来，身体摇摇欲坠，根本听不到艾略特说的话。他昏昏沉沉地推开艾略特的手，想走到床边去，但是才走到一半就不支倒地。

2

在往后的三天里，阿馨主要的任务就是恢复体力。

他打算体力恢复后，一定要向艾略特问清所有的事。他暂时被安排在一个小房间里休息，艾略特偶尔过来检查他的健康情形，还有一位名叫花子的护士负责照顾他的生活起居。

“花子”这个名字非常可爱，让阿馨联想到一朵在草原上盛开的可爱花朵，这名字和花子本人很相配。但是阿馨询问她的全名时，她总是笑而不答。有时候阿馨趁着艾略特不在，只有花子在房间内，不断追问她许多问题，例如这里是什么地方？艾略特是何许人物？只要能问的，阿馨统统问过了。但是花子只是微笑，摇摇头什么也不说。

花子的脸型和体型看起来很像小孩子，她的身高大概只有一米五，两颊圆圆地鼓起，脸上有双圆滚滚的眼睛，十分可爱。然而，当她解开绑在后面的头发，让光亮的黑发在背后散开时，又有一种成人的妩媚风情。从她圆滑的额头看不出实际年龄，胸部的大小也和发育中的少女差不多，这倒是和她那具有东方味道的小脸很相配。

起初，阿馨看到她那天真无邪的外表，自然相信她毫不知情。虽然她不回答，他也一点都不生气。

花子的外表稚气未脱，但是她有护士该有的医疗知识与看护技巧。当阿馨感到背部发痒时，她会伸出手帮忙抓痒，动作和力度都恰到好处。阿馨在花子每天的细心看护下，定时打点滴、吃抗生素，充分地睡眠与休息。

两人相处的时日一久，阿馨发现花子在工作时都沉默不语，而且除了工作上的需要，尽量避免接触阿馨的身体。以一个护士来说，她做事的态度和技巧可算得上专业。但是她工作时经常略带犹豫地碰触阿馨的身体，甚至不时露出奇怪的眼神偷看阿馨，很不自然。阿馨在第二天就发现了这种情形，他察觉花子进入房间里，但继续装睡，眯着眼睛偷看花子的工作情形。他看到花子很快地换了一瓶点滴，她一边工作，一边向阿馨投来异样的视线，好像看到了什么恐怖的东西。阿馨对花子的异常举动充满兴趣，他很好奇到底是自己身上的哪一个部位让她现出那种表情。

花子换好点滴瓶后，弯下腰审视躺在床上的阿馨，她以为阿馨还在睡觉，才做出这么大胆的事情。这时，阿馨突然睁开眼睛，伸手抓住花子的手腕。花子吓得连声音都叫不出来，只是在喉咙深处“啊”了一声。

“你为什么看到我好像看到幽灵一般呢？”阿馨一字一句质问花子。他原想让对方先镇定下来，但花子一点也没有抵抗的意思，既没有转过脸去，也没有叫出声，只是呆呆地俯视他。

“希望你能告诉我，为什么用那种眼神看我？”阿馨再次询问花子同样的问题。只见花子露出悲伤的表情，摇着头说：“对不起。”

她非常真诚地道歉，但还是不回答。花子的反应可以解释为把阿馨看成幽灵而抱歉，也可以解释为因为无法回答问题而抱歉。

阿馨不由自主地慢慢松手。他心想，说不定除了一个护士应做的工作之外，其他的疑问，花子都不能随便回答，所以不再追问下去。但花子还是站在床边不动。

“你现在说话会不会觉得痛苦？”为了尽到护士的义务，她首先询问患者的身体状况。

“有一点，可是我很想说话。”

“如果可以的话，我想听听关于你的事情。”

“我的什么事？”

“哦，从你生下来到现在全部的事。”

“你为什么想知道？”

“了解你的状况后，我就不会再像看到幽灵般看待你了。”

或许她是不太了解我。如果我和她熟悉一点，她就会用正常的眼光来看待我吧。

“开始讲之前，我想先问你一件事。”

花子的脸上露出谨慎的神色。

“能不能告诉我，你到底几岁？”

“我今年三十一岁，已经结婚了，有两个小孩，都是男孩。”

阿馨不禁惊讶得张大嘴巴。花子的外表看起来和少女没有两样，没想到她已经三十一岁了，还是两个小孩的妈妈。

“真是让我惊讶。”

“大家都这么说。”

“我还以为你比我年轻呢。”阿馨二十岁，花子比他大十一岁。

"那你几岁？"

阿馨回答说，自己今年二十岁。花子皱紧眉头，小声说道："是吗？"

"看起来很老成吧？可是我真的是二十岁。"阿馨说着，不由得摸摸自己的双颊。他来到沙漠后就没有剃过胡子，看起来可能比较老成。但让他颇受打击的是，本来他以为对方比自己小，没想到居然比自己大这么多，这恐怕会微妙地改变他们的相处方式。

之后，阿馨常对花子说些自己的事情，花子也非常喜欢听，经常一天来阿馨的房间好几次。不过谈话的时间是有限制的，每次大约是十分钟，因此花子总是简洁地询问一些重点，没几天就掌握了他迄今为止的生活状况。阿馨很高兴能有花子这个好听众，这是一种确定自己还存在于这个世界上的方法，他也将以前勉强压抑下来的一些疑问统统说出来。他说了许多孩童时期的想法、梦想、和父母一起生活的情形，以及如何计划前往沙漠旅行等等。其中也有痛苦的事，尤其是秀幸后来患癌症住院，让旅行计划也跟着泡汤，全家人从此过着家里和医院两头忙碌奔波的生活。过了几年，终于查出秀幸患的癌症是"转移性人类癌病毒"引起的，全家人因此陷入绝望。然而，真知子完全不死心，她坚信在美国的民间传说中可以找到治愈癌症的妙方，因此埋头于神话中。阿馨也改变钻研宇宙物理学的志愿，转往医学界发展。

阿馨在谈话的过程中，对那段日子感到无限怀念，有时会激动得热泪盈眶。就这样过了四天，阿馨对花子讲述自己经历的时间加起来大约有两三个钟头。在述说的过程中，他有时觉得昔日遥远的记忆像彩霞一般美丽。

“你有恋爱经验吗？”花子突然提出这个问题。阿馨犹豫着要不要把礼子的事情讲出来，如果花子没问，说不定他就会避开这件事。

一谈到和礼子的恋爱，当然无可避免地谈到亮次，那是既悲伤又痛苦的经历，阿馨对自己欠缺考虑的鲁莽行为带来的后果深感不安。他和礼子发生性关系的那间病房，和现在待的房间有些相似，不同的是，那个房间的西边是一整片玻璃窗，窗下便是公园绿地，强烈的阳光常从窗户照射进来……至于自己从礼子那里获得的喜悦，阿馨再怎么说明，也无法完整地向花子描述出心中震撼的感受。

花子听着，有时脸上显现出无法置信的表情，然后一边摇头，一边用低沉的声音说：“哦，不。”当她听到礼子的肚子里怀有阿馨的小孩时，表情更显得僵硬。

“要生下那个小孩吗？”花子的问题非常突兀，但阿馨一点也不介意：“当然很希望把他生下来，所以我才来到这里。”

花子闭上双眼，嘴巴一开一合，发出喃喃自语的声音。但阿馨听不清楚她在说些什么，感觉很像在祈祷。

这间房子没有窗户，只能依靠时钟知道时间的流逝。从时钟的指针来看，这应该是第四天的晚上。

阿馨说出和礼子有了小孩之后，花子突然说：“今天到此为止。”

花子好像也不能控制两人会面的时间，常常在话说到一半的时候被迫中断。她默默地轻轻碰一下阿馨的手腕，走到门边，停下来，一边开门，一边回过头看着阿馨的表情，这让阿馨觉得很熟悉，总觉得曾在哪里看到过。

阿馨暗自思索花子走出房间时的表情究竟代表什么意义，突然想起以前发生过相同的情形。有个和花子穿着一样的白衣服的女护士从病房走出来，在病房门口走走停停，露出和花子一样的神色。那时秀幸切除直肠肿瘤后，手术效果非常好，便移到一间四人共用的大病房，那里住的都是癌症患者。

经常出入这个房间的护士中，有一位很讨患者喜欢。她长得并不是特别漂亮，但为人很和气，全身散发出浓浓的亲切感。患者的任性行为她都能忍耐下来，从不会露出苦瓜脸给病人看。秀幸很喜欢这位护士，常常在开玩笑之余，摸摸她的屁股或拍拍她的肩膀。

后来，她因为怀孕待产请了一年的育儿假。离开医院的那天，她特地来秀幸这间病房打个招呼，当时刚好阿馨也来医院看秀幸。她笑着对患者们说，希望一年后再回到工作岗位上时，能看到大家神采奕奕的脸，当时秀幸开玩笑地回答："当你再回来工作时，我早就出院了。"不只是秀幸，其他患者也都这么说。不管那句话是开玩笑还是真心的，护士都点点头，和每位患者打招呼、道别。

当护士要走出病房时，表情和动作与花子刚才的举动很相似，她不时回过头来望着患者，流露出不舍的神色。看在阿馨的眼里，他觉得那个护士似乎是说："我一年后再回来工作时，没办法像现在这样看到这四个人了。"她并不是因为患者出院后见不到面而难过，而是即将面临死别，依依不舍，这次见面，或许将是今生的最后一面了。

阿馨也知道，那时秀幸隔壁病床的患者查出癌细胞已转移到脑部，对面病床的患者罹患前列腺癌，刚做完切除生殖器的手术。整间病房里只有秀幸还有生命力，其他患者都面临死亡的威胁。因此那个护士才用那种依依不舍的眼神注视他们，如今花子竟然也用相同的眼神看着阿馨，让他觉得非常不安。

果然，阿馨从此再也没有见过花子。

第二天早上，在同一时间响起了敲门声，阿馨以为是花子来了，高兴地走下床去开门，没想到竟是艾略特。艾略特看到阿馨顺利地恢复健康，很满意地点点头。

“你的身体情况如何？”他只是询问各种问题，却不回答阿馨的提问。阿馨此时已经到达忍耐的极限，之前是见到花子这位可爱的女孩，才勉强压抑下来，现在艾略特的态度让他满腔的怒气一触即发。

为什么每次只是我回答问题？这样下去，我会因极度的不安而崩溃。阿馨忍耐着不知何时会爆发的怒气，颤抖地回答：“你到底够了没有？”

艾略特也听出阿馨的声音中带着怒火，他举起两手示意稍等一下，然后深呼吸一口，才说道：“我能体会到你的心情，现在是执行计划的时候了。”

我不知道什么计划，这和我又有什么关系？阿馨的脸色更加凝重，他继续追问：“首先，你得告诉我这是哪里，你的目的又是什么？”

艾略特将原本摊开的双手合起来，严肃地问道："在回答之前，我想先问你一件事。你相信神吗？"

3

艾略特带着阿馨来到另一个房间，这个房间也没有窗户，每一处都关得紧紧的。阿馨很不喜欢这种地方，不过这儿比他之前的房间大，中央放了一套皮沙发。

艾略特先请阿馨坐下，然后从轮椅上站起来，将屁股微微往后翘，没有使用拐杖就慢慢走到阿馨的对面坐下。阿馨睁大眼睛，他本以为艾略特不能走路，没想到他的双脚根本没有残疾。艾略特露出得意的表情，说："你不能先入为主地去判断一件事情，这样会一开始就对所有事物存有怀疑和不信任。"

阿馨已习惯对任何事物都持怀疑态度，即使在横越美国沙漠的途中，遇到在现实和假想之间挣扎的情形，也依然坚持这份感觉。

"你什么时候才能回答我的问题？"阿馨无视艾略特的话，有些怄气地说道，"你是不是说过，我很早以前就注定要来这里？"他非常在意这种说法，很想知道其中的缘由。

"那件事现在说明还太早，不把来龙去脉说清楚，你恐怕会吓得叫出声来。"

"好，那就请你说清楚，这到底是怎么一回事！"阿馨很激动。他对艾略特的讲话方式很不耐烦，更为自己的人生被他人任意操纵而气愤。

“今天我能够看到你，完全是因为你靠自己的意志来到这个地方。你只能照着宿命去走，我无法勉强把你带到这里。”艾略特露出微笑。阿馨对他这种任意介入别人人生的做法十分愤怒，突然涌起一种想杀掉这个老人的冲动。

艾略特心平气和地迎向阿馨愤怒的视线，两人暂时陷入沉默。

“你对‘环’了解多少？”艾略特问道。

阿馨将双手环抱在胸前，盯着艾略特说：“你的计算机仿真效果做得很好。”

艾略特很不服气地皱起眉头。“你说我做得很好？事实并不是这样，你应该说，我创造出了一个完美的世界。”

“‘环’是你创造的？”

一讲到“环”，艾略特的脸上充满了自信，他就像水坝开闸般滔滔不绝，不时露出喜悦的表情。

“约莫七十年前，我还是MIT的学生，大概和你现在的年龄差不多。当时这个世界的人们正在喝彩，欢送要登陆月球的宇航员。我心想科技再这样继续进步下去，距离建设宇宙空间站和实现宇宙旅行的梦想就不远了。于是我也想创造出另一个世界，但那并不是另一个宇宙。”艾略特一口气讲了这些，他缩着脖子，将嘴巴嘟起来，“你知道现在的世界是靠什么来推动的吗？”

“你是指现实世界，还是‘环’？”

如果是问“环”靠什么东西来推动，有点常识的人都知道，支持“环”计划的是能量和电力，至于现实世界……

艾略特有些怪异地笑着说："无论现实世界还是'环'都一样，都是运用相同的原理来推动的。你知道吗？推动现实世界的是'预算'！"他等阿馨反应过来"预算"一词的意思后，才继续说道，"'环'这个巨大计划如果没有预算，'环界'就无法存在，现实世界也是一样，没有预算就无法推动。如果有预算，说不定现在我们都待在宇宙空间站中了。"

艾略特说得没错，科学并不是无视社会情势，一直往前推进，而是要根据当时的环境来决定前进的方向。同样，许多社会建设和国家政事都需要预算，依照人们的期待来决定预算的轻重缓急。

七十年前，人们都将蓝图寄托在广大的宇宙里，火星和月亮被当成人类的殖民地，行星之间利用宇宙飞船定期来往联系，电影和小说中经常可以看到这类题材。但如今，科学家依然无法将人类运送到火星上，登陆月球一事只不过是瞬间的光辉。在那之后，计划开拓宇宙的脚步就像蜗牛一样慢了下来，理由只有一个，没有预算！

那时候，只有艾略特提出这个预言。以这种卓越的才能，他可以毫无忌惮地往别的领域发展。他选择的学术领域是如今已发展到极限的计算机系统，和刚刚明确阐述了双螺旋构造的分子生物学。

艾略特发挥异于常人的想象力，将这两个世界结合在一起。第一个主题是，计算机内是否可以产生人工生命？

刚开始，艾略特独自寻找这个问题的解答，但是随着计算机成为新时代的宠儿，他的研究主题也占了一席之地，吸引了不少赞助者。

由于当时情势的推动，艾略特也发现了世界上第一个自我复制程序，于是他制作出了写入可自行发生进化过程的程序的软件。但他仍然没有忘记最初提出的疑问——计算机内有没有可能产生人工生命?

艾略特原本预计在二十世纪末到下个世纪初，这个梦想绝不可能实现，没想到却在二十一世纪初提前实现了。不过，初期的人工生命只是单纯的生命构造，在计算机屏幕内活动的只不过是线虫。

接下来，艾略特区分出雌雄线虫，让它们进行生殖，在计算机内部诞生新生命。这是本世纪初的事。新生的细胞不断进行细胞分裂，不久就开始像母体一样在计算机屏幕上来回爬动。在艾略特看来，这幅光景跟新世纪是多么契合。之后，进化的脚步加快速度。无论哪种生物都和现实世界几乎一模一样，没有多大的改变，但在进化过程的应用上，则和鱼类、两栖类的进化情形不同。

艾略特脱离了计算机仿真世界的范畴，在计算机中让人工生命进化，强化他的研究主题——依据地球的生命圈，制造出另一个假想空间。

“环”计划带着具体成果开始被激活，借着艾略特的登高一呼，全世界的科学家开始朝向同一个目标前进，不仅是信息情报学、医学、分子生物学、进化论、宇宙物理学、地质学、气象学这类理科方面的学者，甚至连经济学、历史学、政治学、社会科学方面的学者也对这个计划极感兴趣。

要制作出一个和地球相同的假想空间，不仅需要科学知识，人文社会学方面的思想也是必需的。也就是说，“环”计划的实验成果会回馈到各个层面，对每个阶层都有贡献。例如生物学的基本问题——进化论目前还是个谜，各方仍有争议。当假想空间诞生生命体的时候，就可以针对现实世界中还没有解开的问题，从“为什么会发生战争”这种社会问题开始，一直到人口增加、股价波动，都找出某些提示。这也是各界学者争相拥护“环”计划的主要原因。

就这样，“环”计划在日美两国提供的庞大预算下正式开始。

这种国际性合作在初期并没有大肆张扬，大家无法预测“环”计划会产生什么结果，说不定会成为新的世界战略，于是慎重地进行，也没有举行盛大的庆祝仪式。

这时，艾略特说出了几个他非常怀念的名字。“二见秀幸是一位非常优秀的研究员，他在日本的研究专家中，可说是一位达成跨时代伟大目标的人。”

阿馨听到他褒扬自己的父亲，心情慢慢好转。

“你见过我爸爸吗？”

“不，我们没有直接见过面，我从下面的人员那儿听到一些关于他的传闻。”

秀幸很少谈起“环”计划，阿馨很想知道他到底在“环”计划中担任什么职务。他打算下次和父亲碰面时，直接问问他这个问题。

艾略特打断阿馨对父亲的思念，继续说道：“‘环’计划后来怎么了，你应该知道吧？”

“癌变了。”阿馨十分干脆地回答。

“那是发生在最后阶段，在这之前，它的演化过程简直太完美了，没有人想到最后会变成那样。”

艾略特望着阿馨，欲言又止，阿馨不禁摆出催促的表情。“哪个地方出错了？”

“你不要害怕，你在我的眼中也是‘环’计划的一部分。”

“但是你说的很多事情都让人惊讶。”

艾略特嘴巴半开，口水从嘴角流下来，他赶紧用袖子擦拭嘴唇。“如果物理条件相同，假想空间内也会形成和现实世界大略相同的生命体系，然而，‘环界’至今仍然无法和现实世界变得一模一样。针对这个现象，大家提出一个论点：进化是偶然形成的，不可能出现完全相同的发展。”

阿馨对这一点感到很惊讶：为什么“环界”和地球具有相同的物理条件，但是生命的进化路径却不尽相同？“那你有没有从中得出什么结论？”

“在‘环’里面看不到自然产生的生命，因为我一开始就介入了，我撒下被认为是初期生命的RNA，就像在海里播种似的。‘播种’这个词不仅是比喻，也是事实，RNA就是那颗种子。想成长为某棵特定的生命之树，就必须具备RNA这颗种子。”

阿馨想起以前他和亮次在病房中谈论进化论，当时的话和艾略特现在所说的大致相同。

“还有其他发现吗？”阿馨冷静地催促艾略特说下去。否则他又会流口水，那让阿馨联想到生命的退化，甚至是死亡的阴影。

“其实‘环界’和现实世界相当一致，生命也不会在‘环界’中自然产生，所以我播下生命的种子。这件事背后的意义，你应该知道吧？”

阿馨回想起和艾略特开始长谈前，他曾说过：“你相信神吗？”

这时阿馨气定神闲地说出答案：“也可以说，这个现实世界是假想世界？”

“当然，就算在现实中，地球上的生命也不是自然产生的。为什么我们会在这里，还同时被播下相同的RNA种子？究竟是由谁来播下种子？就是由我们称为‘神’的人播种的。‘神’仿照自己的形状制成生命，让它们诞生在这个世界上，《圣经》写的内容应该是真的。”

阿馨听到艾略特的结论，脸上并没有惊讶的表情。他在旅途中也思考了好几次这个问题，认为现实世界说不定也是个假想世界，但是无法提出证明或反证。这不过是单纯的推测，对现实也不会带来任何改变，只是看人们相不相信了。

“就算我相信神是主宰者，也不会给现实世界带来任何改变。”

看到阿馨一副冷静的样子，艾略特靠向沙发。“如果现实世界是神创造出来的，那我们人类在计算机中创造出的假想空间……”

他还没说完，阿馨马上插嘴：“那神也用‘预算’来推动世界吗？”

一瞬间，艾略特眯起眼睛，射出冷漠的目光。

“你在愚弄我吗？”阿馨愤怒地说道。这种僵持的气氛并没有持续很久，艾略特的表情缓和下来，又恢复之前的稳重。

阿馨看着墙壁上的时钟，他和艾略特已经谈了三个小时，肚子有点饿了，但还没切中谈话主题，让人觉得非常疲惫。艾略特察觉到阿馨的心情，便暂时停下来：“你累了吧，不如看些旧电影，稍做休息一下，午餐已经准备好了。”

阿馨的脸上没有什么表情。艾略特拿起遥控器按下按钮，墙壁上立刻出现一面屏幕，他又按下放映的按钮，然后起身坐回轮椅上，摇着轮椅离开房间。阿馨目送艾略特出去，房门立刻在眼前关闭起来，传来上锁声。那个声音说明了他现在的处境：他被软禁了。

他为什么要这样做？我得问个水落石出才行。阿馨想。

屏幕上放映着一部旧电影，阿馨十岁的时候，秀幸和真知子带他去电影院看过。阿馨很喜欢这部电影，甚至还央求真知子买了原声带，他现在还记得主题曲的旋律。

这时，有个穿白衣的大块头黑人无声无息地走进来，在阿馨面前放下三明治和奶茶。阿馨一边吃三明治，一边闭上双眼聆听电影配乐，不禁感到无限怀念。然而，他马上想到父亲秀幸患了癌症，还没有好转，二见家平静的生活背后正潜藏着极大的危机。阿馨完全没有意识到自己在流眼泪。泪水流过脸颊淌到嘴边，他才发现。

这是偶然吗？现在放映的这部电影对阿馨来说十分特别，这是艾略特偶然选出来的，还是他知道这部电影对阿馨别具意义，才故意放给他看？

说不定，我现在的一举一动都在艾略特的监视中。阿馨想着想着，又开始感到不愉快，似乎有人正从背后监视着他。这种令人厌恶的感觉让他顿时没了食欲，嘴里的三明治也变得索然无味。

4

艾略特回来的时候，阿馨刚好吃完午餐。

“哦，食欲相当不错。很好，很好。”艾略特看着空盘子，满意地点点头。

“我受够了，托你的福，我的心情变得更加混乱。”阿馨觉得和艾略特说得越多，疑问累积得越多，他希望赶快结束这一番滑稽的对话：我是为了找出抗击“转移性人类癌病毒”的方法，才来这儿的，根本没有时间在这个地方磨蹭。

“接下来，我会直接向你说明你的使命。”艾略特在沙发上坐下来。

他好像已经看穿我的心事，即使想逃也逃不出去了。阿馨想。

“我的使命？”

“嗯，你知道你为什么来这里吗？你是为了找出抗击‘转移性人类癌病毒’的方法，才来到这里的吧？”

阿馨和艾略特的视线在一瞬间交汇了。一想到自己的思维活动完全掌握在对方手中，他的神经便不由自主地紧绷起来，他十分痛恨艾略特能预知自己的想法。

“我想问你一个问题。”艾略特用右手食指指着天花板说，“中微子振荡理论是在哪一年被发现的？”

中微子又称中性微子，是基本粒子的一种。它有三个特征：以接近光速运动、不带电、能集合能源。光看第一点，会觉得它和光很类似，不同之处在于中微子只要在有能量的情况下就能穿透任何物体。太阳放射出中微子之后，穿过地心，朝着地球的反方向前进，继续往黑暗中去。他为什么要问与基本粒子相关的中微子的问题呢？

阿馨很快地回答："二〇〇一年。"那是他出生之前的事情，在科学史上占了小小的一角。

"没错。我们本来认为中微子的质量是零，但在上个世纪末，已经确定它具有质量。"

"到底……"阿馨有些焦急地想插嘴，但被艾略特制止："请等一下，先让我把话说完好吗？所有的计划都是有机地结合在一起进行的。这样说，你可能还不太了解。事实就是：如果人类没有发现中微子的振荡现象，恐怕你也不存在。"

"你不要开玩笑了！中微子和我的存在完全不相干！"中微子当中有百分之九十八都是基本粒子，阿馨无法忍受艾略特把他和那种东西联系在一起。

"我知道，你给我三分钟来讲解中微子的问题。"

接下来，艾略特简短地讲述中微子发生振荡后，可以产生什么东西。

"某个物质经过中微子的照射后，测量其偏移距离，再以合成方式重新构成某种物质，这就是三维数字化。有机物和无机物都可以让中微子照射，不过，这项技术主要应用于医学生理学方面。

这和 DNA 解析完全不同，而是将某种生物所有的分子结构经过数字化解析后取出来。

“解析 DNA 的遗传因子配列，只是从一个生物的无数细胞中取出一个细胞来做检查。可是应用中微子振荡，可以把活体身上具备的脑细胞活动状态、心理状态、记忆功能等全部信息，以三维数字化方式记述下来，这是一项划时代的技术。

“这个计划取中微子(Neutrino)、扫描(Scanning)、取得(Capture)、系统（System）四个词的英文首字母‘NSCS’作为代号，也可以简称为‘New Cap’。这种装置可以弄清生物全部的分子构造，在‘环’计划开始后不久，就由别的研究所着手进行它的建成计划，而且也有一笔巨额的预算。

“我虽然没有直接参与‘New Cap’分子装置的建成计划，但间接接触和交流也是少不了的。”

艾略特在这里停顿一下，对阿馨说道：“你要不要喝口茶，再好好想一想？”

听到艾略特的提醒，阿馨喝了一口已经冷下来的茶。他曾听过有关中微子的各种传闻，但是建成“New Cap”这种大型装置的计划倒是初次听到。

“不好意思，说了这么多让你头晕脑胀的话，我们现在言归正传，来谈谈‘转移性人类癌病毒’吧。”

阿馨听了许多毫无关联的事，开始有些不耐烦。“终于谈到主题了。”

“你知道多少关于‘转移性人类癌病毒’的事？”

“我看过‘转移性人类癌病毒’遗传因子的碱基排列。”

“但目前还是找不到治疗方法，疫苗的研究也没有任何进展。”

“为什么？”

“调查病毒的起源是相当花时间的事，而且很难找出‘转移性人类癌病毒’的发源地。”

阿馨已经大略猜出“转移性人类癌病毒”是从哪里传出来的，他用平淡的口吻说：“我想，应该是从‘环界’传出来的吧。”

艾略特不禁惊讶地睁大眼睛。“为什么你会注意到？”

阿馨看到艾略特如此惊讶，感到快乐无比。他借着回答问题来延长这种快乐，开始慢慢揭晓谜底：“‘转移性人类癌病毒’并不是很大的东西，它的遗传因子只有9个，是由数千个到数十万个碱基构成每个遗传因子。其中最令人奇怪的是，构成那9个遗传因子的碱基数，每个都是2的N次方乘以3倍。”

艾略特不由得发出惊叹声。“啊，你知道得很清楚嘛！”

“不是我自夸，在数字方面，我有敏锐的直觉。那9列数字最大也只有六位数，所以我才会那么快发现它们都是2的N次方乘以3。”

“你从那里发现病毒源头了吗？”

“刚开始，我一直对这个问题百思不解，为什么是‘2的N次方乘以3’呢？如果以三个碱基作为一个密码子，并由此决定一个氨基酸来看，我大概可以明白3这个倍数的含义。可是，为什么基数必须是‘2’呢？当然，如果我不了解‘环’计划，或许永远都想不到答案。基数为2，是因为计算机是二进制，由此可见，

‘转移性人类癌病毒’是从‘环界’跑出来的，它的发源地是‘环’。”

“没错，事实确实如此。”艾略特发出一阵笑声，还用力地鼓掌，可是他的话语中不但没有任何佩服的意味，反而充满嘲讽。阿馨压低声音，故意冷静地问道：“现在已经知道‘环界’是病毒的发源地，可以找到治疗方法吗？”

艾略特不理会阿馨的疑问，两眼直直盯着他看，反问道：“你什么时候察觉了‘转移性人类癌病毒’的源头？”

“一个月前。”

“是吗？我是在半年前发现的。”艾略特并没有夸耀的意味，相反，他的脸上浮现出悔恨。

“我想听听你的见解。”阿馨的声调变成恳求。

艾略特开始说明：“癌症和一般病症不同，其他病症可以在发病初期运用药物控制，可是癌症发病初期，症状多半都不明显，很容易被忽略。‘转移性人类癌病毒’更是在暗地里偷偷打下根基，破坏身体机能。这就和没有前科的犯罪者一旦藏身于大都市，便很难逮捕归案一样。有很多种癌症的病兆和现代常有的文明病相似，更容易被掩饰。你想想看，一个参与‘环’计划的研究员死于癌症，没有什么好大惊小怪的。如果死于原因不明的疾病，大家就会马上跳起来，赶紧去寻找病毒。就因为这样，才有那么多研究员一个接一个牺牲了。”

阿馨很了解艾略特的心情，七年前才判断出“转移性人类癌病毒”和其他癌病毒不同。而将“转移性人类癌病毒”和一般癌症区分开来，也不过是一年前的事，“转移性人类癌病毒”在这期间已经站稳地盘,等着爆发性繁殖的机会。艾略特恐怕也是因为"转移性人类癌病毒"失去了亲人,他的眼中夹杂着敌意、悔恨及悲伤。这正是了解艾略特这个人的大好机会。

阿馨单刀直入地问道:"你们已经弄清'环界'中流出病毒的原因了吗?"

艾略特没想到他竟然有此一问,十分吃惊。"啊,嗯,当然了。"

"请你告诉我真正的情况。"

"'环'计划早在二十年前就遭到冻结,'环界'被冰冻起来,时间也停止了,所有人物就这样静止不动。你知道'环'计划为什么会停止吗?"

"不就是没有预算吗?"

艾略特愣了一会儿,捧腹大笑。"没错,没错。预算已经用完了,学术上的支持也中止了,成果是上上等,我认为这个计划已经展现出与预算相等的价值。但一个计划不能毫无止境地延续下去,你知道新墨西哥州的沙漠底下躺着多少台巨型计算机吗?总共有六十四万台。日本也是一样,东京市的地下配置了六十四万台。为了激活这些装备,需要一座发电厂的电力,费用非常惊人,因此无法持续下去。正好在那个时候,'环界'开始癌变了。"

阿馨非常了解"环界"癌变前后的原委,他在温斯洛克的废墟里亲身体验过那些情形。他把这件事告诉艾略特,对方好像了然于胸似的连连点头。

"你也看到……啊,不,应该说亲身体验了。可是,你并不知道'环界'出现癌变的真正原因。我必须说明一下,我自己也不知道真正原因是什么。那盘奇怪的录像带在‘环界’中疯狂增殖的情形，对于‘环界’的个体来说，是不可能发生的事。

“或许你会想，既然我无法说明‘环界’中的这些现象，那至少可以说明我创造出来的东西吧。老实说，我也不能，并不是所有现象都可以说明。或许是现实世界将病毒传染给‘环界’，也有可能是计算机病毒搞的鬼。虽然我们有完善的防御系统，可是一旦连上网络，就不能控制了，网络上的恶作剧非常厉害。

“最让我感兴趣的，是‘环界’中的高山龙司这个人。”

艾略特说到这里，意有所指地停下来望着阿馨。

阿馨马上回应道：“是啊，他是个很有趣的人。”

“的确很独特。”

“那是因为他手中握有解开‘转移性人类癌病毒’之谜的关键吧？”

艾略特眯起眼睛，用锐利的目光看着阿馨，好像要看透他的心思，然后带着怀疑的语气慢慢说道：“你在屏幕上没有看到高山吗？”

“当时我进入高山的意识来看整件事情。”阿馨模仿着艾略特的说话方式，一字一句地慢慢回答，同时确认自己的记忆是否有误。事实的确如此，阿馨和高山的听觉、视觉等五感同化，利用高山的五感从头到尾经历了整件事情。

“原来如此。”艾略特的音调有些奇怪，眼睛一闪一闪，让阿馨很不安，他疑惑地望着艾略特不停转动的眼珠。

“有什么问题吗？”

“哦，没什么，话题好像转往有趣的方向了……姑且不论这一点，难道你不觉得高山临死前发出的声音，很像你自己的声音吗？”

“嗯，没错。”阿馨记得很清楚，当时他利用高山的视觉和听觉“亲自”参与一切。高山在临死之前找到假想空间和现实世界的接口，然后打电话到阿馨所在的研究室。阿馨接起电话时，他听到高山的声音仿佛从自己体内响起。

“高山说了什么话？”

阿馨尽量模仿高山的口气，将高山的话说出来：“请带我到你的世界。”

“你认为这句话是什么意思？”

“嗯，高山察觉‘环界’之外有个创造主，对他而言那是神的国度，他希望能在神的国度里重生。”阿馨非常了解高山的期望，他们俩都想了解世界的结构。打小时候起，阿馨就向秀幸询问过好几次这个问题。可是对一个小孩子来说，世界的构造太复杂了。阿馨自觉快要追上的时候，科学却又往前迈进，就好像小孩子玩游戏一样，永远没有结束的一天。阿馨想了解世界构造的心愿就像想捕捉影子一样难以实现。可是，如果真有创世主，这个愿望便很容易实现了，只要到达创世主的世界，就可以了解整个世界的构造。

艾略特用平静的语气说道：“我很了解高山的心情，高山并不是因为畏惧死亡而说出那个愿望。他的心底还有一股强烈的求知欲，这股想了解世界的好奇心在瞬间爆发，产生了一个奇迹。”

“奇迹？”

“是的，对他来说的确是奇迹。他临死前有非常强烈的企图，想来到这个世界。那时，如果我的脑中没有闪过‘New Cap’分子装置的话，就不会有以后的事情发生，甚至连想都不会想。可是，照刚才所说，当时物质已经可以在有机的环境中交换和移动，我估计二三十年后一定会更加进步，因此，我下定决心要实现高山的愿望。”

“啊！你说什么？”阿馨不禁惊叫出声。假想空间内的个体居然在现实世界中复活？这种匪夷所思的事情竟然真的发生在这个世界上。他呆呆地张大嘴巴，好半晌都说不出话来。

艾略特很冷静地开始解释他是用什么方法让高山龙司这个假想空间内的个体，重新在现实世界复活的。

“想将高山这个个体累积的经验和记忆，原封不动地从‘环界’转移到现实世界，只有一个方法。首先，从高山的细胞内取出遗传基因作为基础，然后使用染色体合成装置和‘GFAM’，制造出现实世界中通用的DNA。

“如果先解析DNA的碱基配列，再使用‘GFAM’，便能用化学物质人工合成DNA。接着准备一颗人类的受精卵，取出受精卵的细胞核，换上人工制造的高山的细胞核，再将其放回母体，就可以等待高山龙司诞生了。

“这和上世纪就已发明的无性生殖法大同小异，并不是很困难的技术。就这样，具有和高山龙司相同的遗传基因的人类便在这个世界诞生了。这是个非常伟大的实验，让假想空间内的人工生命在现实世界里重生，我们这些研究员都十分兴奋。

“不过，这毕竟还是一项新试验，必须在极为秘密的情况下进行。如果让媒体得知这件事，一定会认为是亵渎生命，引起不必要的骚动。就像在上个世纪末用无性生殖方式来复制人类，在社会上引起了巨大的骚动。有了这个前车之鉴，我们更是在绝对机密的情况下进行实验，连‘环’计划中大部分的研究员也不知道。”

“我爸爸也不知道吗？”

艾略特用力地点了一下头。“对，他也不知道，这样比较好。”

“原来爸爸也被排除在外。”

“不，话不是这样说……啊，你这样说也没错……”艾略特结结巴巴，似乎难以启齿。

“这么说，那……”阿馨大概知道后续发展了。

“的确如你所想，我们在高山临死之前取出他的遗传基因，那个时候高山已经感染了‘RING 病毒’，于是我们在不知情的情况下，将‘RING 病毒’的遗传因子连同高山的遗传因子一起带到了现实世界。”

“也就是说，在‘环界’肆虐的‘RING 病毒’，很可能是正在大肆流行的‘转移性人类癌病毒’的原形？”

“我们是这样认为的。而且，比较这两者的碱基的排列顺序，发现其中有类似的地方。高山龙司诞生在现实世界的过程中，‘RING 病毒’趁隙偷溜进来，‘RING 病毒’的 DNA 很有可能附在大肠杆菌上，然后流到外界。和其他的病毒大不相同，它以非常惊人的速度重复发生突变，不久便形成如今的‘转移性人类癌病毒’。”

艾略特说的后续发展完全符合阿馨的推理，问题在于怎么去解决这些危害世间的癌病毒。阿馨凑近艾略特。

“请你告诉我消灭‘转移性人类癌病毒’的方法，你找到了吗？”

“就如你所说，掌握关键的人是高山。”

“高山还在这个世上吗？他在什么地方？”

艾略特用手撑着脸颊，两眼直直望着阿馨的眼睛。然后，他突然扳起手指，发出清脆的声响，说道：“原来是眼睛造成的错觉，人类常常在紧急时刻陷入混乱的境地。”

阿馨摇摇头，将上半身往后靠在沙发上。艾略特每次都在最重要的问题上转移话题，不知到底是何居心，他的暧昧态度让阿馨不由得生出疑惑。

艾略特并没有理会阿馨，开始操纵遥控器，从另一面墙壁上拉下一面屏幕。

“你曾经用头套型屏幕在计算机中看到‘环界’发生的事，却没有察觉到这一点……嗯，这也是有可能的，先入为主的观念阻碍了你的认知能力。”他自言自语，很像一个老人站在庭院前对着小鸟说话。阿馨则静静等待，他平静地看着艾略特准备发出哪张牌。

艾略特在屏幕上播放出高山临死前的影像。“这和你体验过的影像相同，只是你当时将视角锁定在高山身上。”

屏幕上的影像果然是阿馨在温斯洛克的废屋里见过的，这一段是死神也降临到高山身边时，他赌上最后的希望，将录像带放在录像机中放映。

电视画面上播放出意义不明、断断续续的影像，骰子在铅容器中滚动，高山在打电话的时候，忽然看到骰子连续形成的数字，不禁发出悲惨的叫声。在那个时候，高山斜前方的镜子刚好映出一个人影，那个人耳朵夹着话筒，脸上浮现出惊讶的表情，他正是高山自己。高山把听筒凑近耳朵，将视线往旁边移开，就在这时，他看到镜子里映出自己的脸。

艾略特将影像停下来，放大镜子里映出的高山的面孔。

“以前你将视觉锁定在高山身上，因此陷入了错觉，也让你的主观意识在视网膜蒙上一层雾，这是常发生的事情。好好地看一看，你见过这张脸吧？”艾略特将镜子中那张十分模糊的面孔调得非常清晰。

阿馨半张着嘴巴，和镜子里高山的脸对望，刹那间，脑神经传来一阵阵的抽痛。

在屏幕中，高山过度受惊，面孔有些扭曲，他被死亡的阴影笼罩着，整张脸变得非常苍老。然而，不论那张脸变成什么样子，阿馨都认得出来，尤其是那坚毅的下巴线条，更是他从出生到现在早已熟悉的。

“他正是掌握‘转移性人类癌病毒’关键的人——高山龙司，高山就是你！”艾略特说着，用粗大的手指戳着阿馨的胸。这些话犹如宣告世界末日来临一般，将阿馨的理智炸得荡然无存。

“这怎么可能！”阿馨闭上双眼，无助地把头往后仰，脸冲着天花板。

“我们想借助你的力量，协助我们完成这项工作。”

阿馨只听到艾略特的声音在耳边嗡嗡作响，却无法理解他到底在说些什么。他的脑袋如同世界毁灭后遗留下的残骸，七零八碎，无法正常运作。

5

阿馨抱着膝盖坐在平坦的岩石前端，远远眺望着经过数亿年岁月侵蚀而成的险峻峡谷。赤褐色的大地上涂抹着一条又一条白色斑纹。那些耸立在地平线上的岩石形状非常巧妙，不像是自然生出的物体，反倒像人工建造出来的。那天他在山脊遭遇暴雨的袭击，现在回忆起来很像做梦，更想不到的是他在黑暗中躲藏的岩石，如今看起来居然如此宽广。某处风景竟然与他在温斯洛克看到的假想空间一样，两股河水汇流成土黄色的河川。

阿馨第一次仔细注视着大地和岩块上刻画出来的皱褶，很自然地联想到大脑内的皱褶，里面刻画着各式各样的记忆。阿馨的脑容量还不多，因为他不过二十出头，而且出生方式与常人完全不同，并不是经过有性生殖，而是以遗传信息数字化合成的方法诞生在这个世界上。

阿馨被软禁的地下研究室内，有座电梯可以到达隔壁的建筑物，那里有个直升机降落场，地面上停了一架古铜色直升机。它早先曾在暴雨过后，将阿馨虚弱无力的身躯运往这里。在研究室和直升机降落场的正中间，有一条地道往黑暗的地底深处延伸，通往某个广大的钟乳石洞。钟乳石洞深处有个碗状的巨大凹洞，里面装满了透明度很高的水。

艾略特之前的话并不是胡说八道，他指着天花板说上面是水层，地板下有个巨大的空间，都是真的。他往地下挖掘了一千米，建造了一个直径约两百米的球状空间，外围包裹着透明度非常高的水层,具有防卫效果,防止外界的放射线进入这个空间。而“New Cap”分子装置就在这处巧妙利用自然地形建成的地下空间内稳固地陈列着。阿馨从来没有见到过“New Cap”分子装置，然而它即将决定他的命运。

一个多星期以来，他都住在地下的研究室，今天是第一次走到外面观看周围的景致，以及所处之地的外观。艾略特似乎对阿馨非常了解，他知道阿馨想到地面上去，也知道他绝不会扔下这一切逃走。

天气非常好，阿馨身上只穿着一件 T 恤，尽情享受着一星期以来首次接触到的温暖阳光，感受着沙漠午后的气息。他将双手交叉在胸前，互相摩擦，在心中整理遇到的每件事。可是，他没有得出任何结论，也不知道该如何作决定。

艾略特说的那些话令人怀疑，因为这样的事闻所未闻。应该有更简单的解决方法吧？艾略特怎么可能去取出假想空间内高山龙司的遗传基因，经过数字化处理，让高山以阿馨的新身份在现实世界中诞生？莫不是艾略特为了进行“New Cap”分子装置的实验，才捏造出这个故事。

拒绝他！然后用最难听的脏话骂他，赶快下山！虽然以后的人生会很不快活，甚至失去所爱的人，留下悔恨，可是……阿馨每次想到这里，问题就回到原点：同卵双胞胎具有相同的遗传因子，外形几乎一模一样，而自己和高山既然拥有同样的遗传因子，面孔当然是同一个模子印出来的。每当阿馨仔细聆听高山的声音，就会感到很不可思议，仿佛听到自己录下的声音一般。然而，光是面孔和声音一致，还不能构成什么证明，只要用计算机处理，这些东西都做得出来。阿馨把这个疑问扔给艾略特，艾略特早就知道这一点，便将卫星电话听筒交给他。“你的父亲正在线上，跟他说说话吧。”

“是阿馨吗？”秀幸的声音有点虚弱。阿馨非常怀念父亲的声音与昔日美好的时光。父子俩用平静的语调互相说着最近的情况。阿馨告诉父亲他很好，秀幸高兴地回答：“是吗？是吗？我最近也觉得身体的情况好像不错。”但从秀幸的声音来判断，他不可能好转，应该快要“那个”了。

阿馨冷静地向秀幸询问自己的身世，秀幸十分吃惊，但还是将二十年前的事情和盘托出。阿馨闭着眼睛祈祷这不是事实，然而，他的祈祷还是在失落中结束了，秀幸的说法和艾略特的没有多大差异。

当初艾略特让“高山龙司”诞生在这个世界之后，打算从“环”计划的研究员中挑选最适当的人，将“高山龙司”抚养长大。当时，二见秀幸和真知子已经结婚四年，却还没有孩子，他们曾到妇产科检查，医生诊断出真知子无法受孕。夫妇俩渴望要一个小孩。经过许多人的介绍，艾略特把刚出生不久的“高山龙司”——也就是阿馨交给秀幸和真知子抚养，两人也把阿馨当亲生儿子一样疼爱。

交出孩子之前，艾略特经过特殊渠道提出条件：为了以后不要有麻烦，婴儿的来源等一切事项都不公开，然后才把阿馨交给秀幸夫妇。秀幸和真知子也没有将领养的事情告诉阿馨，待他像亲生儿子一样。如果他们知道“环界”这个假想空间正是这个婴儿的发源地，不知还会不会接受他。

阿馨眼前浮现出秀幸躺在病床上，无力地握着听筒的模样。他用冷静的口气问道：“爸爸，你养育一个和自己的遗传因子无关的小孩，难道不后悔吗？”

即使女方不孕，还可以利用医学技术进行人工受孕，得到和自己有相同遗传基因的孩子啊。

“父母和孩子之间最重要的联系，并不是血缘和遗传因子，而是慢慢积累的感情。你仔细回想这二十年里的一切，你的确是我的儿子。”秀幸的话语十分清晰地从电话那头传过来。阿馨怀着复杂的心情和秀幸道别，便挂断电话，他有预感：这是最后一次听到秀幸的声音了。

阿馨调出高山龙司从生到死所有的资料，在屏幕上反复放映。高山龙司对科学抱有极大的兴趣，在数学和物理方面具有少见的天分。阿馨看着高山少年时代发生的各种事件，的确无法否认自己和高山非常相似，连深思时的动作和习性也十分相像。对阿馨而言，在屏幕上观察高山龙司是种很奇妙的体验。他看着这个和自己具有相同遗传因子，却在不同环境、不同空间成长的个体，好像看到孪生兄弟一般。那明明是相同的形体，却又装着不同的人格和意识。

阿馨站起来往前走了几步，顺着脚下笔直的悬崖眺望下方，看到一条蜿蜒的小河。不知是光线太强还是水中混着泥土，水面呈现绿色。

干脆面对现实，毕竟这是无法否认的事实，我的身上真的拥有和高山龙司一模一样的遗传因子。就算否认，也无法逃离命运的安排，依旧得回到“环界”去。

风好像变强了，阿馨不由得从悬崖边缘往后退一步。如果不慎掉到悬崖下方，那他就什么都不是了，不仅失去珍贵的遗传信息，也意味着“环界”和现实世界都要面临灭亡。

艾略特简直是个恶魔，正如他自己所说，他早在二十年前就有这个预感。二十年前，为什么艾略特会答应高山龙司的请求，将他的遗传因子重新合成，然后利用无性生殖让高山龙司在现实世界诞生？真正的答案是，他想做克隆实验。

在阿馨生出来之前，艾略特就想用“New Cap”分子装置将人体的基因三维数字化。他早就想好了做这个实验的人选。

当时没有人自愿做这个“New Cap”分子装置的实验。活体实验的时代已经结束了，而如果没有实验对象，实验就无法进行。这个“New Cap”分子装置好不容易才制造出来，如果没有年轻而健康的人类愿意当实验品，就功亏一篑了。套用艾略特的话：他当初是想找一个“正当理由”来进行这项实验。

“先从‘环界’取出一个个体放在常温下保存，再以让他‘重回老家’为条件，使用‘New Cap’分子装置让他返回原来的世界，实现他的心愿。从‘环界’来到现实世界，除了无性生殖之外别无他法。可是，如果要从现实世界去往‘环界’，就得使用‘New Cap’分子装置，将现在的精神状态和完整的记忆一并带过去。”

期望回到“老家”？这个前提有点问题，谁会期望这种事情？一旦回去，就再也见不到爸爸妈妈和礼子，也永远见不到礼子腹中的孩子了。这个孩子还是我用有性生殖的方式，将遗传因子注入礼子的子宫中产生的……

当然，如果只是为了这个实验目的，阿馨不需要参与艾略特的科学游戏。虽然他的遗传因子是从假想空间取来的，但如今他确实存在于现实世界中，是个不折不扣的人类。在这个世界诞生之后，他已经选择了自己的人生，也拥有自己的生活。

然而，由于一个偶然发生的错误，阿馨被来自各方的压力追赶着。高山的遗传因子在合成过程中发生了一点小事故，“RING病毒”和大肠杆菌相结合，流到外界，形成“转移性人类癌病毒”。既然“RING 病毒”存在于高山的遗传因子中，用他的 DNA 合成“阿馨”这个个体，自然也带有“RING 病毒”了。

阿馨听完艾略特的说明，不禁生出一个疑问：如果我的遗传因子中潜藏着“RING 病毒”，为什么没有“转移性人类癌”的症状，甚至在接连几次的检查中都没有呈现阳性反应？

艾略特针对这个疑问补充说明：“从 RNA 转录到 DNA 时，一部分发生了突变，但是由于内部含有终止密码子，所以在检查的时候没有测出来。

“你想想看，具有遗传因子的细胞遭受‘转移性人类癌病毒’感染之后，‘转移性人类癌病毒’又在细胞内发生突变，此时病毒已具有调整配列的能力，对已遭受感染的细胞 DNA 附加了‘TTAGGG’这几个碱基。由于这个原因，细胞具有不死性，也就是癌变了。

“当我知道‘转移性人类癌病毒’的发源者是高山龙司时，就设法取得你的细胞，做一次详细的检查……请你不要误会，换成是你也会这样做。检查结果让我非常惊讶，你的细胞配列中没有‘TTAGGG’这几个碱基，甚至‘转移性人类癌病毒’侵入你的细胞时，你体内的细胞分裂也没有延长，没有癌变。换句话说，你是可以抵抗‘转移性人类癌病毒’的新型人类。”

理论上，阿馨认同艾略特的部分说明，但是他心中仍有抗拒，认为自己不同于常人的体质，只不过是从“环界”转移到现实世界时，遗传因子的配列产生微妙的变化，这是很正常的事情。

阿馨低头看着山谷底下的溪流，在阳光的照耀下，溪水有如拖着一条长长的尾巴，他脑海中不断浮现艾略特的话，不禁觉得眼前这条光亮的带子仿佛是自己生存的轨迹，它的行进方向早被确定了。

到底是什么原因和动力，让我来到这里？

阿馨在十岁左右从计算机屏幕上发现全球重力异常分布图，当时他根本不知这个信息从何而来，现在终于明白是艾略特发出的，他定期将长寿村的信息传送给阿馨。艾略特用这种小提示慢慢引发阿馨的好奇心，让阿馨自己去发现这一连串的偶然，进而察觉各项偶然都交集于沙漠的某一点。接着，真知子又从杂志上阅读到一篇“有个男人在癌症末期奇迹生还”的报道，并从北美印第安人民间传说的书籍中找到相关资料，背后操纵者一定也是艾略特。阿馨记得大概从半年前开始，邮寄到家里的原版书突然增加不少，从那时起，他和真知子就被这些提示改变了原来的生活。最后阿馨终于一个人骑着摩托穿越沙漠。艾略特没有办法约束阿馨的行动，强迫他来到这里，因此利用阿馨的使命感和意志，“设计”他前来此地。

艾略特口口声声说“我从不用强迫的方式”，因为如果不是出自本人的意愿，就算使用“New Cap”分子装置，也没有成功的希望。

“该如何和‘转移性人类癌病毒’对抗，答案统统都在你身上。不过，假如事先没有调查出‘转移性人类癌病毒’对染色体的三维构造和细胞内的线粒体的代谢循环、分泌性因子产生的影响，也不可能找到解决的线索。

“如果你只解析DNA配列，而身体没有做数字化处理，一样无法进入‘环界’。为了找出特殊遗传因子的导入方法，在你回到‘环界’前，先要将你全身的遗传基因做个精密的仿制。从你的身体上找到解决病毒的方法，马上就可以解救你的父亲、母亲和恋人……”

艾略特带着诚恳的神情向阿馨说明。

做梦都没想到，想解救心爱的人，以及地球上大规模癌变的人类、动物、花草树木，竟然必须以自己的身体作为交换条件！阿馨经过长途跋涉，才赫然发现解决“转移性人类癌病毒”的关键竟在自己身上。

使用“New Cap”分子装置把他转移到“环界”，是消灭病毒最快的方法。之后，不仅可以将恐怖的“转移性人类癌病毒”一扫而空，甚至连地球上的生命都可以和病毒产生共生关系。

现在最大的问题是没有足够的时间，解开所有的谜题可能需要一段时间，阿馨担心在这段时间内，秀幸会因为癌症身亡，真知子会因悲伤而发狂，而礼子会怀着孩子自杀。即使他真的来自“环界”，也不能抹杀在现实世界生活的二十年光阴。这二十年的岁月是确确实实存在的，尤其是和礼子之间的亲密交往，更证明他真切地活在这个世界上。阿馨想到这里,脸上浮现出自信的表情，体内也涌出了勇气，他不由自主地朝着溪谷大叫。叫声沿着溪谷越传越远，伴随着传来的回音消失。

“艾略特的思想很复杂，已经超越了平常人的喜怒哀乐，要是没有他，我的肉体就不可能存在。虽然这二十年是按照艾略特的计划走过来，但是其中有痛苦也有快乐。如果有人问我是否希望继续活在这个世界上，我一定会回答‘是的’。话说回来，如果不是因为我，这个世界也不会有‘转移性人类癌病毒’。”

尽管阿馨知道自己不必负任何责任，但是良心依然受到谴责。他急忙转过身，踏着沉重的步伐离开这里。

这十几天，艾略特忙着做事前的准备工作，阿馨则坐在计算机前重新体验高山在“环界”中的人生，将他和双亲、朋友之间的关系，以及学问知识、思考力、日常小习惯和讲话时的特征吸收到脑子里，逐渐变成自己的东西。由于遗传因子完全相同，阿馨“变成”高山龙司并不困难，高山短暂的一生已经深深地刻在他的脑海中。阿馨越是了解高山，越觉得自己和他是同一个人，他将自己的人生和高山的重叠在一起。

这天下午，阿馨跟随艾略特坐电梯降到地下一千多米的地下室，准备踏上这趟独特的旅程。或许是现场的严肃气氛使然，他一点也不觉得害怕。

电梯门一打开，阿馨马上看到“New Cap”分子装置的一部分，厚厚的防护墙壁包围着房间，数不清的巨型计算机之间闪烁着灯光。这里并不是“New Cap”分子装置的内部，到时候阿馨必须一个人进入内部。

艾略特快速地推着轮椅，保持和阿馨并行的速度，他不坐电轮椅是为了锻炼手臂的力量。不过，这种旧式轮椅在满屋子的新颖设备当中总是有种格格不入的感觉。

艾略特有些喘不过气。“你先听我说，否则误会了就不太好，说不定你也认为我是故意散播‘转移性人类癌病毒’。”

阿馨的确曾怀疑过，但是现在已经毫无芥蒂了。“你有什么理由去散播‘转移性人类癌病毒’？”

阿馨绕到艾略特后面想帮他推轮椅，但艾略特却好像挥苍蝇般用力把手一挥。

“不用你帮忙。”他拒绝阿馨的好意，继续两手用力推着轮子，“为了什么？这不是很清楚吗？为了‘环’的预算啊！”

全世界迫在眉睫的事情，想必是开发出“转移性人类癌”的疫苗或是治疗方法。而让“环”计划解冻，正是扑灭“转移性人类癌病毒”的唯一方法，前提是必须要有一笔巨额的预算。不过，一旦开发成功，对社会各方面都有莫大的贡献。重新激活冻结了二十年的“环”计划，正是艾略特毕生的梦想。

“你应该不会再度推动‘环’计划。”阿馨断言。

“哦，怎么说？”

“一来目前还无法预测病毒的活动情形，再者，你对‘转移性人类癌病毒’有份很深的憎恨，这是没法假装出来的。”

艾略特吞一吞口水，喉咙深处发出奇怪的声音。他身边一些重要的亲朋好友也是因为“转移性人类癌”而死亡，他对“转移性人类癌病毒”的确深恶痛绝。

“你知道最好。那真是一场意外事故，才会让病毒外泄，如果我们知道那些病毒的散播途径，就可以找到防范的方法。”艾略特脸上露出后悔的神色，看不出有丝毫虚假。

“这些我都知道，要不然我们干吗跑到这么深的地下来。”

艾略特停住轮椅，眼中含泪，看着阿馨。“你是不是很恨我？”

“我为什么要恨你？”阿馨反问道。

“恨我任意把你生到这个世界上，时间一到又叫你回去。”

“假如没有你，我就不会站在这里了。这二十年来我过得很好，拥有许多美好的回忆，我一点都不觉得有什么可恨的。”

阿馨倒是挺达观的，虽然连续发生了许多不幸的事情，首先是秀幸患癌，接着真知子、礼子都相继感染“转移性人类癌病毒”，甚至还亲眼看到亮次跳楼自杀，但是总体上说来，他这一生拥有美好的回忆。有了这份美好的回忆，他才能从容地走在这条走廊上。

“我们能不能先在这里停一下，谈论一些事情？”艾略特的嘴角又流下口水。

“可以。”

他们就在通往“New Cap”分子装置内部的长廊上聊起天来。阿馨靠在墙壁上，艾略特则有些疲倦地将头往后靠在轮椅上，两个人都尽量采取轻松的姿势，看着对方微笑。

“我说过，如果没有‘New Cap’分子装置这项计划，你也不会在现实世界出生，这一切都有连带关系，缺少其中一个要素，就不会变成今天这种局面。”

“这是一连串的偶然重叠吗？”

“这是现实世界和‘环界’互相呼应的缘故。”艾略特接着用其他比喻来说明，“不都是这样教对科学知识难以理解的小孩的吗？原子是构成物质的基本元素，它和太阳系的形状非常类似，因此我们可以将原子和基本粒子视为另一个宇宙，在那个小小世界里或许也住着像我们一样的生命，那是‘生命之环’。我将这个假想空间命名为‘环’，原因就在这里。”

“上小学时，我也和爸爸讨论过这个问题。”

不仅是像原子这种极小的世界，阿馨甚至想象过极大的世界。例如太阳系是由某种原子构成，银河系是原子聚集的地方，而小宇宙是一个小细胞，宇宙全体则是一个巨大的生命。人类的肚子里也有生命，在那个生命中又具有更小的生命，这种比喻叫“笼中构造”。这种理论常在宗教教义里见到，和前世、现世、来世这种生命的循环过程很相似。

“如果连接极大环和极小环中间的链子断了，你认为结果会如何？一旦时间延滞的话，就会影响前后的发展，所以我们一定要重新系好中断的链子。”

“到那时,原本癌变的历史会被更改吗？”阿馨提出心中的疑点。

“‘环界’已经走入进化的死胡同里，一切都停止了。必须像切除癌细胞似的，把残留在记忆装置中的癌变记录扔掉，从现实的历史中完全抹去。一旦‘环界’的历史中途被舍弃，只能重新来过。”

这和建造沟渠的道理相同。水流受到地势的影响，由高处往低处流，有时也会流进死胡同里，结果积成一潭死水。一旦水流无法前进，为了寻求出口，就会侵蚀周边的土地，另外找到一条新路线。河川从发源地注入大海的过程中，会清楚地留下蛇行的轨迹和阻塞淤滞的地方，以及小沙渚等等。

“环”也一样，它现在呈现停滞状态，一直维持现状，会对现实世界带来不好的影响。由于现实世界和“环界”互相呼应，现实世界绞尽脑汁想解决“转移性人类癌病毒”这个大问题的时候，“环界”也必须同时改变癌变的历史，否则问题无法解决。阿馨的第二项任务，便是在解决问题之后另外建造一条新水道。

“在这个世界里，有时也需要神的帮助，神当然是从处女体内生下来。”

阿馨并没有因即将成为“神”而兴奋，他觉得这一切都不是自己能决定的。他迈开步伐，一边走一边沉默地思考——我在温斯洛克的废屋中看到的印第安人生涯，究竟具有怎样的意义？

阿馨在温斯洛克看到的印第安假想空间，当然也是艾略特事先准备好的。阿馨并没有询问他安排自己看那一段影像的理由，现在才发现它另有一层含义。

影片中的印第安男人亲眼看到妻子和孩子接连死亡，却无法出手相救，这份无力感比面临死亡更加沉重。阿馨拿下头套型屏幕的时候，心想再也不要体验这种事了，即使明知处于假想空间内，他也经不起这种打击。

艾略特的目的在于以体验死亡鼓舞阿馨的冒险精神。阿馨无法再次承受亲人在眼前死亡的场景，即使有牺牲生命的危险，他也会不顾自身安危，去解救亲人。

阿馨带着复杂的心情往前走，艾略特则推着轮椅跟在他身后。

“请等一下，你要不要打个电话？”

“电话？”

“你应该想和某个人说句话吧？”

阿馨刚和秀幸通过电话，他很想听听真知子的声音，却又不知道该对她说什么，也不知道怎么解释自己往后的行为。老实说，如果让真知子知道事实的真相，她一定会大吃一惊。

“那只剩下礼子……我现在只想和礼子说说话。”

阿馨被艾略特带到拐角的小房间内，默默拿起话筒，一边祈求礼子现在在家里，一边拨下电话号码。艾略特安静地用手势询问，是否要让对方的影像出现在电视屏幕上。阿馨不假思索地摇头。没有必要启用电视屏幕，只听到声音的话，记忆会更深刻。

“喂。”

阿馨一听到礼子亲切的声音，各种情感马上如海浪般袭来，记忆都随着礼子的声音哽在喉头，他无法控制情绪，眼泪一串串掉下来。他一边听着礼子的声音，一边后悔不该打这个电话。

6

阿馨和艾略特走到走廊的尽头，在一扇黑色的门前道别。艾略特伸出巨大的手和阿馨握手，力道并不是很大。他松手后，阿馨又再次握紧他。

阿馨的心情十分混乱，刚才和礼子最后一次谈话占据了大部分思维，他心不在焉地用迷惑的眼神看着眼前这扇门。

“我好像活得太久了。”

阿馨听到艾略特的话，回过头来。那是一张垂垂老矣的脸孔，但是脸上挂着精明的神情，他十分清楚自己的寿命还有多长。

“我会一直跟在你后面。”艾略特在心中暗自说道。他和阿馨各自前往不同的地方，做该做的事。

“记住我们的约定，一切拜托你了。”阿馨不厌其烦地殷殷叮咛。他跟艾略特立下一个约定：一旦艾略特从他身上找到治疗“转移性人类癌病毒”的资料，必须先治疗秀幸、真知子和礼子。

“我知道，你放心吧。”

阿馨用力将门打开，身子往门里一钻，门就自动关上了。

一进门，马上有股异味扑鼻而来，这是离子发出的臭味。接下来，阿馨听到扩音器中传来指示，房间内除了这个声响之外，一点也听不到外界的声音，他已经完全被隔离。

艾略特先前向阿馨说明了所有的流程，他必须按照扩音器中指示的步骤去做，才会到达“New Cap”分子装置的所在地。“New Cap”分子装置巨大的球心被固定在最里面的房间，这样每个方位都能受到中微子的照射。阿馨遵从扩音器的指示脱下身上的长袍和鞋子，全身赤裸地走向下一个房间。

到了下一个房间，阿馨按照指示躺在伸缩台上，伸缩台静悄悄地滑进一条黑暗狭窄的通道。在这条通道上，阿馨的身体被空气与纯水的混合液冲洗，消除肉体表面上的一切杂质。阿馨看到头上接连出现许多红色数字，都很接近100，像是99.99、99.999、99.9999……都是在数字的尾巴上多加一个9，显示出他的肉体除去杂质后的纯粹指数。

之后，阿馨躺在伸缩台上，被运到一个透明的长方体容器中，里面放满了比体温稍为温热的纯水，刚好盖过他的身体。这个水槽的外形和棺材有点像，阿馨随着纯水慢慢推向“New Cap”分子装置的球心。

阿馨浸泡在纯水中，慢慢地镇定下来，他已经分不出哪里是身体，哪里是纯水，感觉肉体仿佛和水溶为一体，自己好像变成无数的泡泡，溶化在水中了。他感觉自己渐渐丧失意识，尝试作最后的抵抗，拼命回想刚才和礼子在电话中的对话。

“今天早上胎儿动了哦。”礼子很高兴地告诉阿馨胎动的事情。

阿馨突然想到，自己身处大水槽内的模样，和胎儿在母体的羊水中生长的情形有异曲同工之妙。他的周围充满黑暗，宛如置身被黑暗支配的小宇宙。这里没有任何重力，完全感觉不到身体的重量，也看不到“New Cap”分子装置直径将近两百米的球形中心，他觉得这个黑暗的宇宙中拥有无限宽广的空间。

小时候，他很喜欢站在二十九楼的阳台上仰望夜晚的天空。看到星星和月亮，他便生出一股了解世界构造的渴望，这份意念随着时日增加而越来越强。他现在身处的地点与高楼的阳台恰好相反，一边是面对东京湾的高楼，飘散着咸咸的海水味道；另一边则是位于荒凉的沙漠地下一千米的洞穴，充斥着人工离子的味道。

刹那间，阿馨的头上出现蓝色光线，可能是中微子光线的照射。对阿馨而言，那些蓝色光芒像是夜空里闪烁的星光。

“New Cap”分子装置的球形表面从各个方位射出中微子光线，透过阿馨的身体射到对面的墙壁上，将阿馨的基因信息一个一个累积起来，基因信息量随着光线的强度渐渐增加。为了让肉体构造三维数字化，必须接受中微子光线的照射。起初，中微子光线只是通过肉体，阿馨并没有感觉。接下来，为了得到完整的基因信息，必须加强中微子的光线强度，破坏细胞，但这时阿馨仍然不觉得身体有任何异变。

蓝色的光线开始在黑暗中闪烁，缩短明灭的时间。紧接着，华丽耀眼的蓝色光线牵引着白光，将它带往黑暗空间的斜切面上，和流星一样美丽。阿馨平静地眺望着头上的美丽情景，重新恢复孩提时代观看夜空的心情。他觉得自己的处境和航天员从地球之外眺望宇宙很类似，越来越接近神的领域。

这时候，阿馨应该听不到任何声音才对，而且房间内也有隔音设备，但是他忽然感觉到有种力量压迫着耳膜，好像有人在他耳朵旁边大声说话。这里不可能有其他人存在，大概是数字信号吧。

阿馨的脑海中突然插入一个画面，仿佛夏加尔的抽象画，但并不是用眼睛看到的，而是宛如将录像机插头直接插进脑部，一幅颜色很鲜艳的画面瞬间闪过。

蓝与白的光线联结成绳状的光带在空中交错，使这个黑暗的空间布满亮光，光和光相触的声音便传到阿馨的耳边。虽然他听不到任何声音，但是可以感觉到耳膜受到数字信号的压迫。

阿馨的身体被放到有如宇宙般的无重力空间里，从纯水水槽中浮上来，进入一个光圈。他觉得自己仿佛脱离肉体，心境变得清明。他即将到达沙漠旅程的终点，慢慢地靠近目的地。脑中闪过一些粗粒子聚成的影像，上面还有马赛克，轮廓略微粗糙模糊，无论怎么努力，也无法在脑海中浮现出自然的影像。

中微子的光线越来越强烈，阿馨体内的分子构造开始数字化。随着分辨率的增加，他脑中布满马赛克的粗糙画面开始清晰，变成比较自然的影像。

“New Cap”分子解析到此结束，阿馨的自我意识消失了，之前躺在水槽中的肉体已经消失，只剩下一些被中微子光线破坏的细胞残骸，零散地溶化在纯水中。在白色光线的照射下，纯水里看不出血的痕迹，只是一摊混浊的液体。阿馨的旅程结束了，他存在于现实世界的肉体消失殆尽，在“环界”重新再生。

即使肉体被消灭了，阿馨的意识依然能保留下来，中微子光线将他临死前的脑部状态和神经元的化学反应准确地数字化，然后在“环界”中再现。阿馨在“环界”诞生后，大约需要一星期，婴儿就会长到当初被放入“New Cap”分子装置时的年纪与身材，而且会逐渐恢复原来的意识。

阿馨慢慢知道自己是在子宫里面，这并不是比喻，他真的浸泡在子宫的羊水中，远处似乎传来母体的心跳声，“咚咚、咚咚……”的声音在这个黑暗幽闭的球体中慢慢变大。他不知道自己待在谁的子宫里面，唯一可以确定的是他快要出生了，有想出去看看外面世界的强烈愿望。

阿馨用力将自己的身体推出去，迎面而来的是一道刺眼的光线，那好像是医院里常看到的苍白光线。他还看到自己和母体之间连着一条奇怪的线，应该是脐带。

阿馨用力挥手，想把脐带切断，一开口便发出和普通婴儿相同的哭声。

“哇！哇……”

他开始了另一段新旅程。

第五章

CHAPTER 05

降临

1

在这个梅雨季节难得一见的晴天里，阿馨——高山龙司走在海边的堤防上，将视线投往海平面。眼前正是一幅海湾美景，天边泛起彩霞，几个人正悠闲地在堤防上垂钓。现在离夏天还很早，没有人来这里游泳，只有两三家人在沙滩上铺块塑料垫，享受野餐的乐趣。他心满意足地欣赏着海边宁静的景色，在这里，可以拥有充分的想象空间，暂时抛开现实生活。在“环界”再生已经有半年，他的身体与意识都和这个世界搭上了调，完全配合这个世界的节奏作息。

去年十月，高山龙司曾一度宣告死亡，尸体由医学院的同学安藤满男解剖。然而，今年的一月，在安藤和朋友病理学者宫下，以及其他同事的协助之下，龙司在长达三个月的长眠后再次苏醒过来。

这次龙司是从山村贞子的子宫内爬出来的，而且是用自己的力量切断脐带，经过一个星期后，他长成和阿馨离开现实世界时同样的体格。安藤和宫下根本不知道“环界”是创造者依据现实世界开创的东西，因此也无法理解龙司复活的理论。

在“环界”中，龙司死亡的这三个月，相当于阿馨在现实世界二十年的人生。原本属于阿馨的意识如今融入龙司的肉体，重新在“环界”里展开新生活。

一个曾被认定死亡的人很难再去外面交际应酬，日常生活上也有些不方便，但很适合埋首于研究工作。在这半年间，龙司将自己关在宫下提供的研究室里，从事病毒疫苗的研究。他把隐藏在自己细胞里的暗示一个一个地解开，终于制造出“RING 病毒”的疫苗。

他半年没有来到外界感受自然的气息了，因此格外享受海风的吹拂。他还是阿馨的时候，常在自己家里高高的阳台上吹着夜风，这个兴趣一点也没有改变。

龙司看到正在享受野餐乐趣的一家子后面，有个小男孩正在波浪前跑来跑去，小男孩很小心地慢慢靠近波浪，尽量不沾湿脚，当波浪打上岸时，马上又从水边跑开。接着，小男孩蹲在沙滩上玩挖洞堆沙土的游戏。他光着上半身，穿了件合身的游泳裤，头上并没有戴泳帽。这个小男孩好像很不喜欢被海水打湿，动作小心翼翼。

龙司记得他和礼子初次在游泳池相遇的时候，亮次身上的穿着很不搭调，他穿着格子短裤，头上戴着泳帽，没有露出半根头发，看起来不像是来游泳的。一想到这里，他心中又涌现出触摸礼子肌肤的感觉、礼子的面容和声音，以及她最后说的话。不知礼子现在在做什么？

龙司两手提着装着冰凉饮料的塑料袋，保持身体的平衡，缓缓地走在堤防上。这和走在宽广的沙漠里完全不一样，堤防的宽度不过几十厘米，感觉好像越过国界线似的。

这时，龙司看到在前面约一百米外的堤防上，坐着一个男人，正是沙滩上那个小男孩的父亲，也是他此行想见的人。男人专注地看着在沙滩上玩耍的小男孩，一点也不理会有人正朝着他走来。

还隔着一段距离，龙司就呼喊着男人的名字："喂，安藤。"

安藤抬起头向四周看了看，视线停在走过来的龙司身上，眉头紧蹙一下，随即又恢复了冷漠的表情。在这半年当中，安藤和龙司从没有见过面，他帮助龙司复活之后，就辞去大学里的职务，不知所踪。

龙司靠在安藤身边坐下，安藤看也不看他一眼，又把视线移回在沙滩上奔跑的小男孩身上。

"你不说去哪里就不见人影了，真是过分啊。"龙司说完，从塑料袋中拿出一罐冰乌龙茶，仰头一饮而尽。然后，他又拿出一罐递给安藤。"要喝吗？"

安藤不发一语地接过来，看也不看龙司一眼就直接打开。

"你怎么知道我在这里？"他用沉稳的语气询问。

"我问宫下了，他说今天是你儿子的祭日，可以猜到你在哪里、在想些什么。"龙司只是很简单地说出事实。

"今天是安藤儿子的祭日"，这句话非常奇怪，因为安藤的儿子在两年前的今天溺死在这片海边。这个早已死亡的小男孩，却在眼前玩耍。龙司不由得露出苦笑。

“你有何贵干？”安藤大吼。他似乎对龙司的来访很不高兴。龙司特地为了他跑出研究室，搭电车又换了巴士，才来到这里，至少要受到一点欢迎才对。

艾略特曾向阿馨保证，他已经做好再生的一切准备工作，但依旧无法避免让人产生误解。在任何世界里，死人复活的事实都很难被人接受，必须有一些准备。

艾略特为了龙司的复活，想尽办法将暗号送给安藤，尽量使用合理的方法帮龙司准备再生的环境，再以让安藤两年前死去的儿子复活为饵，要安藤帮助他重生。安藤的儿子是在“环界”完成生和死的过程，只要把小男孩在“环界”前一段历史中的生命往另一个时间移动，再和遗传基因相组合，就可以简单地让他复活。

“环”计划原本停滞在开始癌变的地方，半年前龙司复活后，时间才又开始移动。如果龙司没有做任何改善，“环界”又会走上癌变的老路子。龙司一定得用自己的力量去改变停滞的水流，建立新的历史，将单一遗传因子的世界恢复到具有多样化遗传因子的世界。

“我当然得感谢你，因为你没让我失望，为我做了件好事。”安藤不带感情地对龙司说道。

阿馨来到“环界”以前，曾多次亲身体验龙司毕生的历程，知道这个大学同学安藤十分优秀。如果没有安藤的援助，他绝不可能以合理的手段诞生出来。但是，安藤一直觉得自己被龙司利用了，他以为龙司复活之后，要和山村贞子串通一气，准备让这个世界走向灭亡。对于这些怀疑和指控，龙司既没有辩解，也没有表明自己的想法。他有一个强烈的预感：未来的人生将是充满孤独的，忍耐孤独的生活，就是力量的源泉。

波浪又打上岸，小男孩站起来往安藤这边挥了挥手。安藤也举手回应，示意他回来。小男孩一边踢着沙子一边走过来。“爸爸，我喉咙好干。”

安藤将龙司递过来的饮料拿给他，小男孩仰头喝了一大口。龙司看到小男孩张开嘴，冰冷的液体流过喉咙。虽然小男孩和他是以不同的方式复活，但是从同一个母体中诞生的。

“喂，‘伙伴’，再喝一瓶吧。”龙司把手伸进塑料袋里摸索着。小男孩把饮料放在额前，向安藤询问：“我可以喝这个吗？”

“啊，可以。”

得到安藤的许可后，小男孩拿着罐子跑回沙滩，他大概是想用空罐子堆沙子玩吧。安藤对着他的后背叫道：“孝则。”

小男孩站着不动，回过头应道：“什么事？”

“不要又跑到大海里了。”

小男孩笑着说声“知道了”，转过头去。他应该还记得当年在海中溺水的事情，因此对大海还存有一份恐惧。往后，如果没有克服那份恐惧，他该如何度过人生呢？

“真是个可爱的小孩。”龙司微笑着说。他不禁想，这个孩子如果是礼子生下来的，不知该有多好。

安藤露出漠不关心的表情，质问道：“你是否可以告诉我，这个世界未来会变成什么样子？”他瞪着龙司看，摆出一副龙司铁定会知道答案的样子。

龙司的确知道答案，他至少比安藤更清楚未来的发展趋势，但是不能说出来。

“那你认为如何呢？未来的世界会变成什么样子？”

安藤在龙司的催促下开口了：“全世界会在病毒的侵袭下灭亡。”

因为“RING病毒”将蔓延到全世界，而且从录像带变换成各种不同的传播媒体，占据世界的各个角落。女性如果在排卵期接触到带有“RING病毒”的影像媒体，就会产下具有和山村贞子相同遗传因子的个体，其他女性则因为心肌梗塞而死。男性也是如此，除了在大众传播媒体行业任职的人员之外，其他人也会在一星期后惨遭横祸。身为医学专家的安藤当然可以预测结果如何：最后，不属于山村贞子的遗传因子都要遭到消灭，所有的生命体被收编为山村贞子单一的遗传因子。

“造成那种后果，你也不在乎吗？”安藤瞪着龙司，眼神里充满了敌意。

龙司面无表情地从口袋里掏出一个小玻璃瓶，递给安藤。

“你看！”

“这是什么？”

“是用病毒制成的疫苗。”

龙司经过半年的实验和研究，终于成功地制造出对抗“RING病毒”的疫苗，而且经亲身试验，比动物实验更有效果。“有了这个，就不用担心病毒了。”

“你是为了拿这个给我，才特地来这里吗？”

“什么？偶尔来看看海也不错啊。”龙司有些不好意思地笑着。

安藤一面抚摸胸前口袋里的玻璃瓶，一面用比较温和的语气再次问道：“你是否可以告诉我，这个世界未来会变成什么样子？”

“我不知道。”龙司直率地回答。

“你应该没有不知道的事情吧？你和山村贞子成为伙伴，不是要为生物界重新设计蓝图吗？”

听到这些话，龙司只有露出苦笑的份儿，心想再多待在这里也是无益。

龙司和安藤聊了一些《铃》出书后的讯息，以及山村贞子想当《铃》电影版的女主角，还有生物进化论的问题。然后，龙司挺起腰杆，自言自语地说着：“哈哈……嗯，好了。”

“你要走了吗？”安藤依旧坐在堤防上不动，抬头看着龙司。

“时间差不多了。对了，你今后要怎么办？”

“想找个无人岛，父子俩一起生活，现在也只能如此了。”

“嗯，这很像你的作风。我要一直观看人类走到最后一步，说不定到时候会出现一种超越人类智慧的意志力，我一定不会错过那一刻。”

放心吧，世界不会变成你想象的那样。或许曾经发生过你想象的世界灭亡，但是这次不一样了，因为我回来了。

“好好保重，替我向宫下打声招呼。”

安藤的话让龙司停下脚步。

“最后还有一件事……我告诉你人类为什么会进步，那是因为人类可以忍受任何事情，唯独无法忍受寂寞。动物进化的推动力也在这里，为了逃离寂寞，不得不进步。如果是单一的DNA交配，可能非常无聊，总有人希望有个别差异。对了，你在无人岛的生活会很无聊哦。记住这句话，无论你碰到什么灾难，一定要挺身面对。只要你能累积各种克服困难的经验，世界就会变得不一样。我相信，你应该没有问题。”

龙司举起手挥了挥，头也不回地离开此地。他最后说的这些话，恐怕安藤无法完全了解。不过，他相信未来的某一天，安藤一定能明白。

这时，龙司听到安藤和小男孩在小声交谈，不由得回过头去。

“爸爸，这是约定哦。”小男孩坚定地对安藤说道。

“啊，一定。”安藤和小男孩立下约定，只要小男孩克服了对水的恐惧，就可以得到奖励。

“爸爸一定会遵照约定，带你去和妈妈见面。”安藤因为儿子的死和前妻离婚了，“妈妈一定会吓一跳。”

龙司脑海中出现了安藤一家人重逢的快乐情景，他非常羡慕。

2

龙司牢牢记住东经和西经的度数，以及和艾略特约定好的时间和地点。他和安藤碰过面后，从临海的街道往南走，比预定时间更早地到达指定地点，然后呆呆地望着被茂密松林覆盖的山坡。

龙司在草地上坐下来，等待约定时间的来临，他和艾略特约好在“环界”一九九一年六月二十七日下午两点抵达这里。

龙司已经在“环界”里过了半年，艾略特那个世界的时间比“环界”慢很多。以前“环”计划使用大量的巨型计算机，因此时间过得更快，但大量削减计算机数量后，将一年延为五六年。龙司在“环界”这半年，相当于艾略特那个世界的一个月。

阿馨在进入中微子设备之前，曾经和秀幸以及礼子取得联络，但他来不及说明事情原委就匆匆来到“环界”，如今在现实世界过了一个月，阿馨的双亲和礼子可能以为他还在沙漠旅行，只是目前行踪不明罢了。他们不知道阿馨连肉体都被毁灭了。因此阿馨想留下一些讯息，告诉他们自己采取这种行动的用意。

于是，他和艾略特交换了一个约定：双方事先约好时间和地点，由艾略特将阿馨的影像显示在卫星电视里，让双亲和礼子看看他充满活力的模样。

龙司看着腕上的手表，约定时间快要到了。

这时，天空出现某些征兆，眼前的云朵变得白而洁净，海面上出现光芒，天空突然出现一个缺口，看起来好像开了一扇窗。龙司朝着那个缺口呼喊每一个人的名字，对他们述说近况。他看不到对方的脸，只能将影像和声音传给对方。

龙司对着天空解释，他想根据自己体内的细胞，研究出扑灭“转移性人类癌病毒”的方法，然后解救秀幸的性命。他也问到礼子肚子里的孩子，胎儿应该长得更大了。他希望礼子能以坚定的信心继续活下去，这是龙司和阿馨最大的愿望。

龙司还提到了如何处置“环界”中“RING病毒”结合其他媒介产生的突变种，他有信心解除录像带中一周后死亡的咒语，只要先将它转化成程序，再设下简单的解毒程序，就可以消除。

龙司有绝对的自信解决“环界”的困境，他怀着克服各种困难的坚强意志，从现实世界降临到“环界”，洞悉整个“环界”的组织，相当于神的地位。不管是原始病毒还是突变种，他都不觉得有可怕之处。

他一边对着天空倾诉现状和想法，一边想着该如何将“环界”的历史导向正常的轨道，并且使现实世界恢复往昔的面貌。

当他还是阿馨的时候，曾经见到沙漠中的灌木丛丑陋的癌变情况，也曾在温斯洛克的废墟里看到老鼠四脚朝天的凄惨死状。他当时也发现，山丘上有棵树开满淡粉色的花朵，奇迹般地没有遭受癌病毒的侵害。

龙司将所有的意念集中于此，暗暗地祈祷被丑陋肿瘤覆盖的树木能够恢复青翠。他脑海中顿时浮现枯萎的树木开出美丽花朵的情景。只要“环界”的遗传因子能重新回复多样性，他想象的情景就不再是梦。

风呼呼地吹着，云的间隙也变大了。突然间，云中央出现观察者的脸孔，但在下一秒钟又立刻消失了。

“一切都会好的。”

龙司对着天空深深地点了点头，心想：他们一定能明白自己的心意。

图书在版编目（CIP）数据

环界.3，环／〔日〕铃木光司著；许木兰译.——海口：南海出版公司，2017.1
ISBN 978-7-5442-8565-0

Ⅰ.①环… Ⅱ.①铃…②许… Ⅲ.①科学幻想小说－日本－现代 Ⅳ.①I313.45

中国版本图书馆CIP数据核字（2016）第264319号

著作权合同登记号 图字：30－2016－124

环界.3，环
〔日〕铃木光司 著
许木兰 译

出 版 南海出版公司 （0898）66568511
海口市海秀中路51号星华大厦五楼 邮编 570206
发 行 新经典发行有限公司
电话（010）68423599 邮箱 editor@readinglife.com
经 销 新华书店

责任编辑 翟明明
特邀编辑 褚方叶
装帧设计 韩 笑
内文制作 王春雪

印 刷 山东韵杰文化科技有限公司
开 本 850毫米×1168毫米 1/32
印 张 8.25
字 数 164千
版 次 2017年1月第1版
印 次 2021年11月第5次印刷
书 号 ISBN 978-7-5442-8565-0
定 价 39.00元